湯屋のお助け人【三】

覚悟の算盤

千野隆司

双葉文庫

目次

湯屋のお助け人【三】

覚悟の算盤

第一章　七夕の飾り竹

一

「たァけやー、たけ」

あちこちの路地から、笹の触れ合う音といっしょに売り声が聞こえる。昨日と今日は竹売りの書き入れどきだ。

「一本もらおうか」

「へい。ありがとうございい」

青々とした葉つきの竹だ。七月七日の七夕祭《たなばたまつり》まで、あと二日のことである。空は秋晴れで、昨日までの残暑が嘘のように消えて清々《すがすが》しい。

竹の大小は様々だが、表店《おもてだな》から裏長屋まで、子どものいる家ならば必ず買い求める。

竹に、酸漿《ほおずき》を何個となく連ねたのを結び、色紙を切った網や吹流《ふきなが》しを飾りつける。家や子どもの好みで、硯《すずり》や筆、西瓜《すいか》の切り口、鼓《つづみ》、太鼓《たいこ》、算盤《そろばん》、大福帳《だいふくちょう》などを色紙で作って括《くく》りつけた。

「わあっ」

子どもの歓声が上がる。飾り竹は、どこの家でも屋根の上に高く立てられた。風で笹が揺れ、吹流しがひるがえる。子どもが一番嬉しい瞬間だ。

「うちのが一番大きいやい」

「いや、あっちの方がきれいだい」

飾り竹を見上げて、子どもだけでなく大人まで見比べて話の種にした。七日の夜には降ろされてしまう儚《はかな》い飾り物だが、牽牛織女《けんぎゅうしょくじょ》を奉《たてまつ》る気持ちと江戸っ子の見栄《みえ》が重なっている。

蔵前《くらまえ》通りに並ぶ商家の屋根にも、大振りな飾り竹が競い合って揺れている。浅草茅町《あさくさかやちょう》二丁目の米問屋越後屋《こめどんやえちごや》でも、小僧が三人、屋根の上に青竹を二本立てていた。

「まだ斜めだよ。真っ直ぐにね。落ちないように気をつけるんだよ」

通りから見上げて指図しているのは、店の若おかみ瑞江《みずえ》である。きりりとした賢そうな目で、色白の富士額《ふじびたい》。鼻筋が通って、口元に清楚《せいそ》な色気がある。満ち足りて暮らしている女の実りが、物腰や口ぶりに出ていた。

歳は二十四で、越後屋の若旦那豊太郎《とよたろう》とは半年前に祝言《しゅうげん》を挙げた。わけあって、遅い祝言となった。子どもはまだいないが、二日がかりで拵《こしら》えた飾り物である。

「おや、おかみさん。いいのができましたねえ」

「いやいや、そちら様こそ」

近所の商家の番頭が通りかかって、挨拶《あいさつ》をした。一回り年上の相手だったが、怯《ひる》んではいなかった。落ち着いて挨拶をしている。

浅草にある幕府の米蔵は、総坪数三万六千坪を超す。蔵前通りの西側に、五十四棟二百七十戸前の蔵が並んでいる。四十万石に及ぶ米が、常時詰められていた。その米を扱う問屋は、このあたりにはいくつもあった。

越後屋は、その中で一、二を争う店ではなかったが、安定した顧客を持つ堅実な商《あきな》いをする店として知られていた。

「それでいい。気をつけて降りてくるんだよ」

飾り竹を満足そうに見上げた瑞江は、小僧に声をかけた。怪我のないようにと気を配っている。

小僧が屋根から無事に降りたのを確かめると、建物の中へ入っていった。

この瑞江の姿を、通りの向かい、やや離れたところから、じっと見詰めていた浪人者がいた。月代《さかやき》の伸びた髪に、無精ひげをはやしている。裾《すそ》や襟《えり》は擦り切れて、垢《あか》じみた着物を身につけていた。袴《はかま》もぺらんぺらんで、いかにも尾《お》羽《は》打《う》ち枯《か》らしたといった言葉が似合いそうな侍である。

歳は三十過ぎに見えるが、もう少し若いのかも知れない。体がにおうのか、通りかかった人は、避《よ》けて行き過ぎた。

浪人者は力のない足取りで、道の端を歩き始めた。南に向かっている。俯《うつむ》き加減で、どこかびくびくした気配があった。

浅草御門前に出た。茶店《ちゃみせ》の蒸籠《せいろ》から、饅頭《まんじゅう》の甘い湯気が上がっていて、浪人者はそちらに目をやった。食い入るように見詰め、生唾《なまつば》を呑《の》み込んだ。近寄ろうと体を向けたが、すぐに我に返った様子で立ち止まった。

周囲を見回して、浅草橋は渡らず神田川《かんだがわ》に沿った北河岸《きたかし》の道を西へ向かった。行き先があって歩くという気配ではなかった。

ただぼんやりと歩いてゆく。日差しは中天《ちゅうてん》あたりに移っていて、ちょうど昼飯ごろだった。飛んでゆく紅鶸《べにひわ》が、空で鳴いている。

浪人は、神田川の北河岸を、どこまでも歩いてゆく。とうとう筋違橋《すじかいばし》を過ぎて、昌平橋《しょうへいばし》の袂《たもと》へ出た。

物貰《ものもら》いさながら、しばらく地べたに腰を下ろして休んだ。疲れているのか腹が減っているのか、力のない目で周囲を見回した。

半刻（一時間）ほどもたっただろうか。

浪人者はどちらへ行こうかと迷う風を見せてから、北へ向かった。神田明神下《みょうじんした》から湯島天神《ゆしまてんじん》へ抜ける道筋である。

ぶらぶら歩きだが、それを楽しんでいるようには見えない。湯島天神の参道でも、蒸籠で饅頭を蒸して売っている茶店があった。毛氈《もうせん》を敷いた縁台《えんだい》が出ていて、客が茶を飲んでいる。

浪人は、その饅頭の湯気に足を止めた。腹の虫がぐうと鳴ったのを、近くにいた者ならば聞いたはずである。今度はよろよろと近寄って行った。

堪《こら》えきれなくなったようだ。

「ま、饅頭を、一皿くれ」

掠《かす》れた声で、注文した。

縁台に腰を下ろすと、傍《そば》にいた老夫婦は立ち上がった。銭を払うと、鼻先の臭いを払うようにして出て行った。

「どうぞ」

ぞんざいに出された、饅頭が二つ載った皿と一杯の茶。どちらも湯気が上がっている。運んできた給仕の娘は、すぐに傍から離れた。

浪人者は、皿を取って饅頭を見詰めた。一個を摘《つま》んで口に運んだ。半分かじると、安堵《あんど》か喜びか相好《そうごう》が崩《くず》れた。三、四度嚙《か》んで飲み込んだ。残りを口に放り込んだ。

二個目は、少しずつゆっくり口に運んだ。食べてしまうことが惜しいのか、じっと見詰めた。昨日今日と、何も食べていないかに見えた。

茶のお代わりをして、二杯目を飲み干してから口へ運んだ。

「十七文です」

茶店の中年の女房が、傍へ行って言った。代を払ってもらい、さっさと出てほしいのである。食い逃げを警戒する気持ちもあったようだ。

「おお、そうであったな」

浪人はそんないささか無礼な物言いに腹を立てる様子もなく、懐《ふところ》に手をやった。

しわくちゃになった、薄っぺらい巾着《きんちゃく》を取り出した。開いて掌《てのひら》の上で振った。何枚かの鐚銭《びたせん》が、ぱらぱらと落ちた。

「はて、おかしいな」

何度数えても、十三枚しかない。四文足りないのである。

「確かに、十七枚入っていたはずなのだが」

困惑の声を上げた。

「最初から、なかったんじゃないですか」

女房は、冷めた声を出していた。いかにも厄介《やっかい》だ、という響きだ。

「いや、そうではない」

何と言おうと、代金を払えないのは明らかだった。浪人者は項垂《うなだ》れている。

「どうしてくれるんですか」

苛立《いらだ》ってはいたが、女房は十三文でいいとは言わなかった。甘い顔をして、そういう客が増えては困るからだ。

「ああ、旦那。いいところへ来てくれました」

女房は、通りかかった、小柄だががっしりとした体つきの五十絡《がら》みの男に声をかけた。源兵衛《げんべえ》というこのあたりを縄張りにする岡っ引きである。湯島切通町《ゆしまきりどおしまち》で湯屋を商っていた。

「どうしたんだ」

いかにも面倒くさそうに、源兵衛は応じた。目だけが、浪人者の方に向いている。

「足りないんですよ。饅頭の代が四文」

源兵衛は仕方なさそうに、浪人者に向かい合った。

「お住まいはどこなんですかい」

「数日前までは深川《ふかがわ》に住んでおったが、店賃《たなちん》が払えずに出されたところだ。これが最後の銭であった。十七枚あると思っていたのだ」

掌の銭を、示して見せた。饅頭一皿十七文と、紙に書かれて壁に貼ってある。値を知らなかったわけではなさそうだ。

「お名は、何てえんですかい」

浪人でも武士だから、言葉遣いは丁寧《ていねい》にしていた。

「瀬古《せこ》という者だ。下の名は仔細《しさい》があって言えぬ」

僅《わず》かに顔をこわばらせた。銭を載せた掌が汗ばんでいる。

「どちらのご家中だったんですかい」

「それも、言えぬ」

頑《かたく》なである。しかし逃げ出そうという気配を見せることはなかった。

「しかたがねえ。その四文、あっしが出そうじゃねえか」

源兵衛が渋々《しぶしぶ》言った。

二

「さあて、それじゃあ綱を引くぜ」

「おう」

源兵衛が叫ぶと、居合わせた半裸の男たちがいっせいに声を上げて応じた。

湯島切通町の湯屋夢《ゆめ》の湯《ゆ》の裏手である。敷地の中、釜場《かまば》に近いあたりだ。男の奉公人だけでなく、近所の男衆も手伝いに来ていた。

七月七日の朝のうちである。

この日は五節句の一つ七夕だが、江戸では昼前に井戸《いど》浚《さら》いを行う。上は大名屋敷から下は裏長屋の共同井戸まで、一年に一度この日に、どこも水を汲《く》み干して汚れを浚うのだ。

釣瓶《つるべ》の先には、いつもとは違う大桶《おおおけ》が吊るされている。井戸の地上に出ている井筒《いづつ》の部分を、江戸では化粧側《けしょうがわ》といった。檜葉材《ひばざい》を使った桶で、土中に埋めるのも桶だった。

井戸職人が来て、すでに化粧側ははずされている。水を汲みやすくしたのだ。

「せいのっ」

井戸に一番近い場所では、下帯一つの姿になった大曽根三樹之助《おおそねみきのすけ》が綱を引いている。

井戸浚いの要《かなめ》になる役割を受け持っていた。まだ夢の湯に来て二月《ふたつき》ほどしか経たないが、他の奉公人や客から、湯屋のお助け人と呼ばれて、いろいろとあてにされる立場だった。

長身で引き締まった体。胸も厚く腕も太いが、贅肉《ぜいにく》はない。力仕事をしている人足の体ともどこか違った。手首足首、腰回りが引き締まっている。

牡鹿《おじか》のような俊敏《しゅんびん》さが、内側に秘められていた。

三樹之助の隣で引いているのは、瀬古という名の浪人者である。

源兵衛に連れられて夢の湯へ来て三日目。こちらも鍛《きた》えた体だが、肉付きは三樹之助よりもよくない。どこか貧相に見えた。長い浪人暮らしが、体に現われている。

それに三樹之助と一緒に湯汲みや釜焚《かまた》きをしている為造《ためぞう》と米吉《よねきち》、近所の若い衆が七人ほど来てくれていた。

六十一になる番頭の五平《ごへい》は、見物である。手出しをされて、怪我でもされてはかなわない。

「三樹之助さまあ。気をつけてっ」

甲高い声を上げたのは、源兵衛の孫娘のおナツと弟の冬太郎《ふゆたろう》だ。八歳と六歳の姉弟《きょうだい》で、三樹之助にしてみれば、姪《めい》や甥《おい》のような存在だ。

いつもならば、用があってもなくても傍へ擦《す》り寄ってきて、体のどこかを触ってくる。

今日は母親のお久《ひさ》の手を、片方ずつ握っていた。甘ったれの冬太郎は、もう一つの手で、女中のお楽《らく》の手も握っている。

綱が引かれると、滑車《かっしゃ》がごろごろと音を立てて回り始める。支える櫓《やぐら》が震え、軋《きし》み音を立てた。

地下から水を湛《たた》えた大桶が上がってきた。

「ようし。運べっ」

大盥《おおだらい》に移された水は、男たちの手で夢の湯の湯船に移される。

水の質がよくない江戸では、上水道で運ばれてきた水は、大切に使わなくてはならない。汲み上げている井戸は、表通りの地下を流れる上水道から、土中に埋めた竹樋《たけひ》で水を入れていた。

数度繰り返すと、井戸水は七分通り汲み干した状態になる。かなりの力仕事だから、綱を引いていた男たちは、汗びっしょりになっていた。色白の三樹之助の体は、薄っすらと桃色に染まっている。

「そこまでだっ」

中年の井戸職の男が叫んだ。小柄な男で、日焼けした体は赤銅色《しゃくどういろ》になっていた。体に綱を巻きつけて、井戸の中へ降りてゆく。綱を扱う男衆は、慎重にその動きを見詰めた。熟練の職人でも、長く水に浸《つ》かっていた板は滑るからだ。何かあれば、すぐに引き上げなくてはならない。

側面を洗う音が聞こえてくる。

井戸職人が底近くまで降りると、綱は引き上げられた。そしてまた大桶を降ろした。井戸職人は水の中を潜り、底に落ちたものを拾い出して大桶に入れる。

引き上げられた物は井戸端に積み上げられた。

井戸の底がすっかりきれいになると、化粧側を元のようにかけた。板戸で蓋《ふた》をすると、井戸浚いは無事に終わった。

五平が台所から酒の入った角樽《つのだる》を、お久が皿に塩を山盛りにしたものを運んできた。

これを供《そな》えると、一同は井戸を囲んで拍手《かしわで》を打った。

七夕は、江戸の人々にとっては、水の祭りでもあった。

井戸職人は、慌《あわ》ただしく他の井戸浚いの場所へ移っていった。

「さあ、いっぱいやってください」

お久が、角樽の酒を手伝いにきた男衆に振る舞う。まだ正午にはほど遠い刻限で、皆今日一日の仕事がある。酔うほどに飲む者はいなかった。

夢の湯もこれから湯を沸《わ》かし、商いを始める。七月七日は、湯屋の紋日《もんび》でもあった。

祝日である。ただ、祝日でも休みではない。

紋日には、湯客は十文の入浴代の他に、十二文を紙に包んだお捻《ひね》りを持参する。番台に置かれた三方《さんぼう》の上には、これが山のように積み上げられる。

このお捻りは、湯屋の主人の実入りになるものではなかった。奉公人が、人数で分けたのである。だから為造や米吉だけでなく、五平も朝から張り切っていた。これは新入りの浪人者瀬古にしても、同じ額だった。

「行き場がねえ、ご浪人だからよ」

源兵衛が、前触れもなく連れてきた。

おナツと冬太郎が、あまりの臭さに鼻を摘んだ。普段ほとんど気持ちを表に出さないお久も、体を引いた。

ともあれ湯に入らせた。しかしすぐには湯船につからせなかった。湯が使い物にならなくなるからである。髪から足の爪先まで、きっちり洗わせてから湯に入れた。月代と髭《ひげ》を剃《そ》らせると、小ざっぱりした。お久がどこかから、古着を用意してきた。

着ていた衣類は、釜に入れて燃やした。

二十二歳の三樹之助より、一回りも年上かと思われたが、二十六歳だった。お久と同い歳だ。

極端に口数の少ない男だった。

「お国は、どちらなんで」

五平が尋ね、為造や米吉が聞いても、じろりと見返すだけだった。もちろん旧藩も口にしない。しかし仕事だけは、骨惜しみをしないでこなした。釜焚きも一度教えると、満遍《まんべん》なく釜の中に薪《まき》を投げ入れた。

三樹之助のように、まだらな火傷《やけど》などしなかった。

「まあ何か、嫌なことか不都合なことがあったんだろうね」

五平が言って、皆は気にしないことにした。

夢の湯はいつでも人手不足である。誰であれ、文句も言わず応分の役割をこなしてくれる者がいれば大助かりだった。

二階の部屋で、三樹之助と為造、米吉と共に枕を並べて寝るようになった。

「瀬古さまはさ、一年前に江戸へ出てきたらしいよ。その前は、いろいろ旅をしていたんだって」

釜焚きをしている三樹之助のところへ、冬太郎が知らせに来た。誰もが瀬古とは、用事以外の話をしないが、この子だけは別だった。

冬太郎は臆病《おくびょう》で甘ったれな子どもである。だが自分を受け入れてくれる者には、無邪気に近づいてゆく。瀬古に対しても、そうだった。

二人は時々何か話をしていた。

「どっちもちょっとずつ変わっているからさ、気が合うんだよ」

おしゃまなおナツが、生意気なことを言った。

「じいちゃんがさ、また出かけちまって、おっかさんが怒っていた。おっかさんは、ご機嫌ななめだよ」

お久は源兵衛の一人娘で、亭主を三年前に亡くして、おナツと冬太郎を連れて実家の夢の湯へ戻ってきた。岡っ引き稼業で、何かあるとすぐに出かけてしまう源兵衛の代わりになって、番頭の五平と夢の湯を支えていた。

「お久さんがいるから、夢の湯は潰《つぶ》れずに済んでいるんだね」

多くの顧客はそう言った。

お久は、折々源兵衛を摑《つか》まえて、説教をしている。物言いに遠慮がない。おまけに喋《しゃべ》りだすと長かった。源兵衛は強面《こわもて》の岡っ引きだが、娘の前では不貞腐《ふてくさ》れた、ただの爺《じい》さんになった。

三樹之助にしても、お久に寄ってこられると、何を言われるのかと緊張した。

冬太郎が言った。

「今日はいつもよりも、混んでいるよ」

冬太郎が言った。井戸浚いをして、湯が新しいことを客たちは知っている。こういう日は、早い刻限から混み始めた。

「お捻りが、いっぱい貰えるといいね」

「そうしたらさあ、明後日《あさって》の四万六千日《しまんろくせんにち》では、おいしいものが食べられるね」

おねだりが始まった。

子どもたちは父親を早くに亡くして、母親はいつも忙しかった。三樹之助に懐《なつ》いてくるのも、寂しいからである。

七百石の旗本家に生まれた三樹之助も、次男坊だったせいか、親にも奉公人にもほとんどかまわれずに育った。四つ違いの兄がいて、なにくれとなく可愛がってくれた。

それがなかったら、自分はどうなっていたか分からない。

だからおナツや冬太郎の気持ちは、よく分かるのである。

「明後日だ。明後日だ」

冬太郎が、両手を広げて踊り始めた。

七月九日と十日は、浅草寺《せんそうじ》の四万六千日の祭礼である。前から連れて行ってやると約束をしていた。子どもたちは、忘れてはいなかった。

ばちばちっと、釜の火が爆《は》ぜた。

三

飾り竹が、風に揺れて音を立てた。

家々の屋根に立てられた飾り竹には、七夕の佳辰《かしん》を祝う人々の思いがこめられている。商家の飾りには、見栄や繁盛への願いが加わった。

蔵前通りの商家では、札差《ふださし》や米屋を商う店だけでなく、すべての商家が、飾り竹の艶《あで》やかさを競った。青物屋では瓜《うり》や大根《だいこん》の飾り物を、魚屋では、鯛《たい》や平目《ひらめ》の飾り物を作って笹に括りつけた。

それが浅草橋から、浅草寺の門前まで色とりどりに続いてゆく。近所だけでなく、遠くからも浅草寺への参拝《さんぱい》をかねた見物客が現れた。甘酒や団子《だんご》、飴《あめ》や饅頭の屋台なども出た。米俵を積んだ荷車の間を、人が歩いてゆく。

昼前までは、井戸浚いの掛け声がどこかから聞こえてきたが、今はもうない。米問屋越後屋の前に、荷車が寄せられている。米俵が、人足や小僧らの手によって積まれていた。

客らしい羽織《はおり》姿の中年の男が店から出てきた。供の小僧を連れている。これを見送る形で、若旦那の豊太郎と女房の瑞江も姿を現した。

夫婦は丁寧に頭を下げている。

店にとっては、大事な客らしかった。笑顔でほんの少し立ち話をしてから、客は立ち去って行く。

しばらく見送ってから、豊太郎は店の中へ入った。

通りに残った瑞江は、荷車に縄をかけている人足に声をかけた。大柄な男たちが、照れ臭そうに頷いた。

人を逸《そ》らさない若おかみというのが、近所の評判だ。

その様子を、一人の侍がうかがっていた。

月代も髭もきちんと剃った、羽織袴をつけた侍である。直参《じきさん》かどこかの家中かは見ただけでは分からないが、主持《しゅうも》ちの武家であることは確かだった。

年の頃三十前後、屈強《くっきょう》な体つきだ。

この侍が目に留めているのは、瑞江である。腹を決めたように、近づいていった。

往来の人や荷車を避けて、道の中ほどまで来た。

だがそこで、足が止まった。

浅草橋の方向に目をやり、あっという驚きの表情を浮かべた。そして瑞江に近寄ることを、あきらめた。そのまま浅草橋とは反対の浅草寺の方向へ歩き始めた。

足早になっている。

瑞江に近寄ろうとしていた侍が見たのは、二人組の武家である。見覚えのある顔らしい。

二人組も気づいて追ってゆく。

侍は離れようとするのだが、人が多すぎて思うほど進めなかった。ようやく右手の路地に駆け込んだ。

人気《ひとけ》のない道である。

そのまま走った。しかししばらく走ったところで、立ち止まった。行く手を遮《さえぎ》って、川面《かわも》が広がっていた。目の前いっぱいに、昼下がりの日差しを撥《は》ね返している。

こちらへ走ってきたのがしくじりだったことを、侍は知った。

立ち塞《ふさ》がっているのは浅草川《あさくさがわ》だと、気がついたのである。蔵前へやって来たのは初めてで、土地勘《とちかん》がまったくなかった。

追ってくる二つの足音が近寄ってきた。

「どうした鎌田才次郎《かまたさいじろう》。いつ江戸へ出てきたのだ」

追ってきた侍の一人が、声をかけてきた。二十代半ばと後半の年恰好だった。

二人は逃げ道を塞ぐように身構えている。

「おれに、なんの用だ」

鎌田と呼ばれた侍は、問いかけには答えず順に二人を見詰めた。

「きさま、あの女に会おうとしていたのだな」

年嵩《としかさ》の方が言った。声に憎しみがあった。

「知らぬ。おれは通りを歩いていただけだ」

「ならばどうして、我らを見て逃げたのだ」

返事をせず、鎌田は周囲をざっと見渡した。逃げ道を探ったのである。路地にはしもた屋が並んでいるが、人の気配はなかった。背後は土手だ。

目の前にいる二人は、左手を腰の刀に添えていた。身ごなしには、微《かす》かな隙《すき》もない。

窮地《きゅうち》から抜け出すためには、刀を抜くしか手立てがないと覚悟を決めた。

腰を落として、左手を刀に添えた。

「手向かいをするのか。それほどまでに、あの女子《おなご》は、大事な者だということだな。わしらにとっては、それが分かっただけで充分だ」

「な、なんだと」

「そうではないか。わざわざ越後から出てきて、我らに女子のことを知らせてくれた」

「おのれっ」

刀を抜いたのは、鎌田の方が先だった。寸刻遅れて、二人も抜刀した。

じりじりと間合いを詰めた。

「とうっ」

鎌田は、年若の方に斬り込んだ。体勢を崩しやすいと考えたからだ。

刀と刀がぶつかって、激しい金属音が響いた。

気合の籠《こも》った一撃だったが、相手はそれを受けたあと、引かずに体を寄せて刀を薙《な》いできた。無駄のない動きだ。

袂を斬られた。

鎌田は次の攻めに備えて、横に跳んで身構えようとした。だがそこに、新たな剣が割り込んできた。

「くたばれっ」

大振りではない。だが目の前に剣尖《けんせん》が迫っていた。

肉と骨を裁《た》つ、鈍い音が響いた。叫び声を上げることもできないまま、鎌田の体は肩から胸にかけて袈裟《けさ》に斬られていた。

刀を握ったまま、前のめりに倒れた。

斬った年嵩の侍は、懐紙《かいし》で血刀を拭くと鞘《さや》に納めた。

体を屈ませて、倒れた男の懐をまさぐった。財布が入っていたが、これには興味を示さなかった。鎌田が手にしていた刀は、鞘に戻した。

「文《ふみ》のようなものは、持っておらぬな」

そう言うと、もう一人の侍に足を持つように命じた。二人で、水際まで遺体を運んだ。

「袂に石を入れるのだ。二度と浮かび上がってこぬようにな」

水の中に投げ捨てた。

ばさっという音がして、鎌田の体はみるみる沈んでいった。

四

「志保《しほ》さまとお半《はん》さんが来たよ。さあ、早くしないと」

薪割りをしていた三樹之助のところへ、おナツと冬太郎が駆けてきた。朝湯が始まって、半刻ほどした刻限である。

二人はいつもとは違った、垢抜けた着物を身につけていた。

「そうか、もう来たのか」

少し重い気持ちで、三樹之助は手に持っていた斧《おの》を置いた。

「あとは拙者が、やっておこう」

瀬古がそう言った。

七月九日は、観世音菩薩《かんぜおんぼさつ》千日参りの日である。この日に観世音へ参拝すると、四万六千日参拝したのと同じ功徳《くどく》があるといわれていた。

浅草金竜山正観世音《きんりゅうざんしょうかんぜおん》、本所回向院一言観音《ほんじょえこういんひとことかんのん》、三田魚籃《みたぎょらん》、四谷南寺町汐干《よつやみなみてらまちしおひ》観音、

青山《あおやま》梅窓院《ばいそういん》泰平《たいへい》観音、大塚《おおつか》護国寺《ごこくじ》などは、たくさんの露店や見世物小屋が出て人で賑《にぎ》わう。

「浅草寺の四万六千日へね、三樹之助さまに連れて行ってもらうんだよ」

何日も前から、冬太郎は馴染《なじ》みの客にそう言って楽しみにしていた。おナツは持っている着物の中で、一番新しい花柄を選んで身につけた。

七夕以上に、待ち焦がれていたのである。

三樹之助は本所亀沢町《かめざわちょう》の直心影流《じきしんかげりゅう》団野《だんの》道場《どうじょう》で剣術を学んだから、浅草は縁遠い場所ではなかった。浅草寺の四万六千日へは、もう何度も行っている。稽古仲間とよく繰り出したものだった。

一昨日は七夕の紋日で、番頭五平が座っている番台には、たくさんのお捻りが集まった。奉公人で分けたので、三樹之助の懐は温かい。子どもを浅草寺へ連れてゆくことは、わけもないことなのだが、すこぶる気が進まない外出だった。

主人の源兵衛や母親のお久が、駄目だと言っているわけではない。子どもたちは楽しみにしているし、前にも大川の花火見物に連れて行ったことがあった。

気が進まないのは、志保とお半が一緒だということである。

志保は家禄二千石の大身旗本《たいしんはたもと》酒井《さかい》織部《おりべ》の跡取り娘である。織部は役高三千石の御小《おこ》普請支配《ぶしんしはい》を務めていた。徳川四天王《とくがわしてんのう》の一人といわれた酒井忠次《ただつぐ》の孫忠勝《ただかつ》を祖に持つ家柄である。

幕閣の中心に、多数の親類縁者がいた。

三樹之助はその志保との間に縁談が起こって、実家の大曽根家を飛び出してきたのであった。

志保は一つ年上で、息を呑むほどの美貌《びぼう》の持ち主だ。肌の白さや目鼻立ち、艶のある豊かな黒髪、どれをとっても非の打ち所のない外見である。けれども何度か会った印象は、とんでもないものだった。

家格の高さと家付き娘であることを笠に着た、高慢で身勝手な性格の持ち主だった。常に自分が正しく、非はすべて相手にあると考える、そういう類《たぐい》の女である。

おまけにお半という五十になる意地の悪い婆やがついていて、一つ一つのことに口出しをしてきた。

志保はすでに一度祝言を挙げ婿取《むこと》りをしていたが、離縁となっていた。子はない。婿はこの傲慢《ごうまん》な家付き娘と性格の悪い婆やに、いびり出されたと語っている。

実家を飛び出した三樹之助にしてみれば、それで縁談は壊れるものとばかり考えていた。ところが志保とお半は、夢の湯へ湯に浸かりにやって来るようになったのである。

湯に入ったからといって、三樹之助に話しかけてくるわけではなかった。高慢な物腰も相変わらずである。そのくせおナツや冬太郎とは、仲良くなってしまった。

わけの分からない姫である。

ならば、そんな女主従をどこへも連れて行かなければいいと考えるのだが、物事はそうは行かない。源兵衛と三樹之助が関わる探索《たんさく》ごとで、志保とお半を巻き添えにしてしまったのである。志保は囚《とら》われの身になり、お半は人差し指を骨折するという事態になった。

詫《わ》びのしるしに、どこか楽しいところへ案内せいと命じられた。それが今日の浅草寺の四万六千日だった。

「指がまだ治らぬでな。不便でしかたがない。困ったことじゃ」

お半は三樹之助の顔を見るなり言った。白布を巻いた指を差し出した。

お前のせいだと、目は告げていた。

「さあ、行こうよ」

冬太郎はいつの間にか志保と手を繋《つな》いでいた。おナツは、もう一方の志保の手を握っていた。この姉弟は、相手が大身旗本の姫であろうと、裏長屋の女房であろうと区別しない。

自分を受け入れてくれる者を、嗅《か》ぎ分けて近寄ってゆく。

四人は湯島の坂道を歩き始めた。

志保は三樹之助には、一瞥《いちべつ》も投げてよこさなかった。おナツや冬太郎と、何か楽しそうに話をしている。

「ふん」

今日はお役目だと割り切って、四人の後ろについてゆく三樹之助だった。

蔵前通りに出ると、もうそのあたりから人でいっぱいだった。風雷神門《ふうらいじんもん》前の広場は、立錐《りっすい》の余地もないほどである。人波に合わせ、そろそろと進んでゆくしかない。

「手を離してはいけませんよ」

「うん。だいじょうぶだよ」

冬太郎はこのときとばかりに、志保に体を押し付けている。

「何をして、おいでじゃ。手水舎《ちょうずや》へ先に行って、場所と柄杓《ひしゃく》を得なくてはなりますまい」

お半が、いかにもぼんやりしている者を責めるといった口調で三樹之助に言った。

手水舎は人が二重にも三重にも集まっていた。

手水舎のかたわらには番屋があって、開帳の立て札が並んでいる。

「す、済まぬな。空けてくれ。子どもがおるのだ」

三樹之助は人をかき分ける。さすがに姫のためにとは言えなかった。露骨に嫌な顔をする者もあったが、怯《ひる》んでいる暇はなかった。

どうにか、柄杓の一つを確保した。志保に手渡すと、四人は順に、口を漱《すす》いで手を清めた。お半は新しい手拭いを用意してきていた。

志保と子どもたちが手を拭き、それが済むとお半は自分の手を拭いた。最後に三樹之助も口を漱いで手を洗った。

お半はと見ると、すでに雑踏の中へ歩み始めていた。三樹之助は慌てて濡れた手を、袴の裾で拭いた。

風雷神門を潜《くぐ》って参道に入ると、まず目に付いたのは、敷物を取り囲んだ人だかりである。甲高い子どもの歓声が上がっている。白髪の老人が、玩具の人形を売っているのだった。

「飛んだり跳ねたりでございます。そうれ」

老人が手拍子《てびょうし》を打つと、台の上にあった二寸ばかりの張り子人形が飛び上がった。胴体は人間で、顔は猿の人形だ。

「わあっ」

おナツも冬太郎も喝采《かっさい》の声をあげた。

仕掛けは子どもだましである。人形の下に細い竹切れを膏薬《こうやく》でとめ、膏薬が離れると竹のバネじかけで人形が飛び跳ねる仕掛けになっていた。

人形は競うように売れてゆく。

「あれ、ほしい」

「あたしも」

冬太郎とおナツが、志保にねだった。

「はい。では、買って差し上げましょう」

そう言って、白髪の売り手の爺さんから、人形二つを受け取った。

「ありがとう」

子どもは上機嫌で、志保と敷物の前から離れた。冬太郎はしばらくの間、飛んだり跳ねたりの人形のまねを、湯屋の板の間でしてみせることになる。

「はよう、人形の代をお払いなされよ。待たせては、無礼であろうぞ」

三樹之助にそう言ったのは、お半だった。怒っている。

「えっ」

そう言われて思い出した。志保が買ってやったように見えても、代は三樹之助が払う。暗黙の了解になってしまっていた。

仕方がなく懐から財布を取り出した。

壮大な本堂を見上げて、冬太郎はぽかんと口を開けている。夢の湯から遠出することなどめったにないから、大きさに圧倒されたのだ。

「さあ、お参りをしましょう」

本殿に入って、五人で合掌《がっしょう》した。もちろん賽銭《さいせん》も投げた。

この賽銭も、三樹之助が用意しなければならなかった。お半が目で命じていた。少しでも不満そうな素振りが現れると、人差し指の包帯を撫《な》でながら「痛くてな」と言った。

参拝が済んで、来た道を戻ってゆく。

料理屋、うどん屋、蕎麦屋《そばや》、浅草餅、大仏餅、羽二重団子《はぶたえだんご》など、食べ物店が並んでいる。においが、そろそろ空きっ腹に沁《し》みてきた。

露店の中でもっとも売り声が高いのは、赤玉蜀黍《あかとうもろこし》売りである。これは雷除けで、ほとんどの者が買ってゆく。

「あたし、じいちゃんとおっかさんにお土産《みやげ》買っていかないと」

赤玉蜀黍屋の次に立ち寄ったのは、柳屋《やなぎや》という楊枝店《ようじだな》である。

店にいる売り子は、皆飛び切りの美しい娘だった。選ばれて店に立った者たちばかりだという評判だ。楊枝の材質は柳の枝から桃、杉、クロモジ、竹などがあって、長さは四寸から六寸くらいまであった。

三樹之助は楊枝よりも、売り子の娘に目が行った。ふと気がつくと、志保がこちらを見ていた。

今日初めて、目が合った。

つんと澄ました顔付きで、眼差しが、すうっと流れていった。凄味《すごみ》のある一瞥だ。腹を立てているようにも、侮蔑《ぶべつ》しているふうにも感じられた目の動きだった。

「お武家が、物欲しそうな顔をしてはなりませぬぞ」

お半の説教が入った。

「お店のお姉さんもきれいだったけどさ、志保さまの方がずっと上だね」

「うん。あたしもそう思う」

冬太郎が言うとおナツが応じた。お半はニコニコして頷き、志保は聞こえなかったふりをしていた。

三樹之助にしても、姉弟の言葉に異存はなかった。きれいだというだけならば、志保のほうが数段上だった。けれども……。

女子は、それだけではないと考えている。

三樹之助には、許嫁《いいなずけ》だった美乃里《みのり》という娘がいた。

美乃里は七ヶ月前に亡くなったが、こちらの気持ちを穏やかに受け入れてくれる娘だった。器量だけで比べれば、どう贔屓《ひいき》目に見ても志保に軍配が上がる。だが一緒にいて心休まり、愛らしく感じる相手は言うまでもなかった。

「おなかがすいたね」

「おいしいものを食べたいね」

おナツと冬太郎が、すこし興奮気味で話している。

「これから、食べに行きますよ」

志保は口辺に笑みを浮かべて言った。お半もこれに頷いた。

気位の高い傲慢な姫様が、なぜおナツや冬太郎と気が合うのか。それも三樹之助には分からない。縁談を振り切って逃げ出した自分に、あてつけているのか。だがそれだけなら、おナツや冬太郎は近づかないはずである。

「何を食べるの」

「奈良茶飯《ならちゃめし》です」

おナツの問いかけに、お半が胸を張って答えた。三樹之助に案内せいと伝えてよこしたときに、これも加えよと名指ししてきた店だった。

浅草並木町《なみきちょう》の奈良屋という店である。

「うれしいね」

冬太郎は、生唾《なまつば》を呑み込んだ。外食など、姉弟は初めてなのだ。

奈良茶飯は、もともとは奈良の興福寺《こうふくじ》や東大寺《とうだいじ》の僧房で食べられたものである。それが東海道川崎宿《とうかいどうかわさきしゅく》の茶屋万年屋《まんねんや》で食べさせるようになって、評判になった。

米に炒《い》った大豆《だいず》や小豆《あずき》、焼いた栗《くり》、粟《あわ》などを季節の野菜と共に、塩や醤油《しょうゆ》で味付けした煎茶《せんちゃ》やほうじ茶で炊《た》き込んだ料理である。これに豆腐汁《とうふじる》と煮しめ、煮豆がつく。

三樹之助にしてもこれは楽しみだったが、五人分の代を払うのは他ならぬ自分だと分かっていた。七夕の紋日のお捻りの分け前で、今は懐が温かい。しかし奈良茶飯を食べたあとは、すっからかんになっているのは明らかだった。

そう考えると、嬉しい気持ちにはならなかった。

五

「ありがとう。おいしかった」

「おもしろかった」

おナツと冬太郎は、志保とお半に言った。手には赤玉蜀黍と飛んだり跳ねたりの張り子人形があり、懐には柳屋の楊枝が入っていた。大満足である。そして腹いっぱい食べた、奈良茶飯の礼を口にしたのだった。

すべての代は三樹之助が払ったのだが、そのことは知らない。

「では、またどこぞへ参りましょうぞ」

お半が言うと、姉弟は「わあっ」と歓声を上げた。

「のう、三樹之助どの」

黙っていると、お半は意地悪そうな笑みを向けた。

さすがに、返事ができなかった。

浅草橋下の船着場で舟に乗って、三樹之助と子どもは筋違橋下の船着場で降りた。志保とお半は、その先まで舟で行って麴町《こうじまち》の屋敷へ戻る。

そろそろ八つ半（午後三時）を過ぎようかという刻限だった。

「三樹之助さまは、おもしろくなかったの」

湯島へ向けて歩き出したとき、おナツが言った。浮かない顔をしているのに気づいたのかもしれない。

「いや、楽しかったぞ」

かなり無理をして言った。懐はめっぽう軽くなっている。

「志保さまはさ、三樹之助さまのことが好きなんだよ」

「ええっ」

驚いた。子どもはときおりわけの分からないことを言う。

「どうしてそんなふうに思うんだ」

「だってさ、顔に書いてある」

「ば、ばかな」

何ということを言い出すのかと、かえって笑ってしまった。三樹之助には、『嫌い』と書いてあるように見える。

「お屋敷にはさ、お風呂はあるんだって。それなのに夢の湯へ来るのは、三樹之助さまがいるからじゃないか」

そう言われると返答に窮した。

おナツのようにはとても考えられないからである。

夢の湯へ戻ると、姉弟はさっそく赤玉蜀黍と飛んだり跳ねたりを、湯屋の奉公人や客に見せて回った。案の定冬太郎は、張り子人形の動きを真似して、一人で飛び跳ねていた。

客の中には、浅草寺の四万六千日へ行った帰りに寄る者もいる。赤玉蜀黍を比べて、どちらが大きいと笑い声を上げていた。

「よかったなあ、坊」

そう言われて、冬太郎は顔をくしゃくしゃにして笑った。

「せーさん。三樹之助さまと替わってもらってくださいな」

お久が言った。子どもたちが喜んで帰ってきたから、礼は言った。しかしあまり嬉しそうではなかった。志保たちと出かけるのを、それほど好ましいとは思っていないふしがあった。

おませなおナツは、おっかさんのやきもちだと言う。三樹之助には、これもよく分からないことだった。

下帯一つになって、流し板へ出た。上がり湯の湯汲みを頼まれたのである。体を洗う湯は皆が浸かる湯船のものを使うから、最後にきれいな湯をかけなくてはならない。

この上がり湯には、湯垢のついた客の使った桶を突っ込まれてはたまらないので、湯屋の奉公人が汲んだ。

「うむ。では替わっていただこう」

湯汲み番をしていた瀬古は、手桶を三樹之助に手渡してきた。『せーさん』というのは、瀬古に対する呼び方である。番頭の五平を始め、客も皆そう呼んだ。

源兵衛がそう呼ぶように、命じたのである。

瀬古は尋ねても、浪人となった藩の名を言わないし生国も口にしない。苗字以外の下の名も告げないままだった。

名を人に知られたくないという気持ちがあり、それを源兵衛が受け入れていることに他ならなかった。

「仇《かたき》持《も》ちででもあるのだろうか」

「まあ、そうかもしれやせん。でもね、あのお武家さんは、根っからの悪人じゃありやせんぜ」

源兵衛の言葉は、違っているとは思えなかった。

人の話はきちんと聞くが、無駄なことは一切口にしない。骨惜しみせず仕事をするし、年寄りにもいろいろと手をかけてやる。夢の湯で一番親しいのは、おナツと冬太郎だ。

「まあしばらくは、様子を見ましょうや」

ということになった。

流し板の中で、上がり湯がある場所を『呼び出し』といった。男湯も女湯も、上がり湯がある場所は一ヵ所である。男湯と女湯のちょうど間にあり、湯汲み番は境になる壁の下にある隙間を行ったり来たりして湯を汲むのであった。

呼ばれれば女湯へも行く。

初めはずいぶん緊張した三樹之助だったが、今はだいぶ慣れた。初めのようにからかってくる女房や囲い者らしい客はいなくなった。

馴染みになった婆さんとは、裸同士で世間話もする。

ただときおり、女房の中で体にべたべたと触ってくる者がいる。これには閉口した。

「湯屋のお助け人は、いい体をしているねえ。ほれぼれするよ。直心影流の免許皆伝《めんきょかいでん》だってね」

体は鍛えているが、わけもなく触られるのは、いい気持ちがしなかった。

「せーさんが、どこかへ出かけましたね。どこへ行くんでしょうかね」

男湯で湯汲みをしていると、質屋の隠居が話しかけてきた。

この老人は、湯代を一月分前払いをし、自分専用の桶を作って置いている、夢の湯の常連である。

「さあ、どこへ行くのかは分からぬな。何しろ余計なことは、何も言わぬからな」

「そうですな。初めは怒っておいでなのかと思いましたよ」

今では、変わったお侍ということであきらめたのか、客たちもことさら言の葉には載せなくなった。しかし気にはなるらしかった。

「それにしても、一日置きくらいに出かけていきますな。よほど何か大事なことがあるのでしょうな」

隠居の身の上だから、暇を持て余している。

夢の湯へ来ても、かなりの時間を過ごしてゆく。瀬古の動きが、目についてしまう様子だった。

その言葉通り、瀬古は夢の湯へ来てまだそう間はないが、一日置きに一刻（二時間）ほどどこかへ出かけていった。行き先は誰も知らない。だめだと言えば、ここから出てゆくだろうと、源兵衛を始め誰もがそう思っていた。

どこへ誰に会いに行くのか。聞いても言うとは思えなかった。

「お気付きですかな」

「何をです」

隠居は持って回った言い方をした。

「湯汲みをしているとき、あの方はお武家の客がやって来ると、必ずその顔を見ますな。知っている誰かが来たのではないかと確かめているようです」

「そうか、それは知らなかった」

瀬古が湯汲みをしているときは、三樹之助は釜焚きをしているか、古材木拾いに出かけている。

「まあ、ここへ来るには、いろいろな事情があったのでしょうが」

湯を受け取った隠居は、三樹之助の傍から去って行った。

浪人とはいえ侍が、湯屋で湯汲みをするのにはそれなりの事情がなくてはできない。三樹之助にしても同様だった。志保との縁談を避けようとしたのには、それなりの事情がある。

瀬古が何者かを怖れているのは、明らかだ。人に言いたくないのならば、放っておくしかすべがなかった。

冬太郎が隠居をつかまえて、飛んだり跳ねたりを実演して見せていた。

六

流し板には、男湯と女湯の両方に、下帯を洗うための盥《たらい》が備え付けられていた。下盥《しもだらい》である。これを使うのはおおむね独り者だった。

脱いだ下帯を盥につけておいて、湯船に浸かったあとに体と一緒に洗うのだ。

夢の湯へやって来るのは、常連ばかりとは限らない。流れ者の棒手振《ぼてふり》や近隣にある大名屋敷の勤番侍《きんばんざむらい》などがやってくる。

大名屋敷には湯殿はあるが、下級藩士が入れるわけではなかった。中間小者《ちゅうげんこもの》と同様、湯屋のお世話になる。

江戸へ出てきて間もない勤番侍は、湯屋に入ったことなどない者がほとんどである。番台で入浴料を払うことさえ知らない者がいた。

「こちらでお代を頂戴して、脱いだものは、そこの衣裳戸棚《いしょうとだな》に入れていただきます」

番頭の五平が、いちいち説明をしなくてはならない。浅黄裏《あさぎうら》とか武左《ぶざ》、新五左《しんござ》などと馬鹿にする手合いは少なくないが、武士という身分には変わりがない。

「お、お客様。それは下盥と申しましてな、脱いだ下帯を入れたものでございます」

三十前後の勤番侍は、備え付けの手拭いと勘違いしたらしい。取り出して、顔を拭き始めたのである。

「ぶっ」

居合わせた他の客は、笑いを堪えるのに必死だった。当の勤番侍も、手にしていた下帯を放り投げた。

慌てて顔を洗い直している。

「三樹之助さん、上がり湯を汲んでくださいな」

女湯から声がかかった。昼前の女湯は、かなりすいている。普通の女房は、洗濯や掃除など家事に追われるからだ。

声をかけてきたのは、三樹之助とはそう歳の変わらない、二十一、二の囲われ者の女だった。旦那は太物屋《ふとものや》の隠居で、夢の湯では常連だ。留桶《とめおけ》を持っている。

「昨日はさ、旦那に浅草寺の四万六千日に連れて行ってもらったんだけどね」

「ほう、そりゃあよかったな」

汲んでやった湯をざざっとかけて、再びやって来た。女湯の客は、もう一人婆さんが体を洗っていた。

「せーさんを見かけたんだよ。蔵前通りで」

瀬古を見かけたと、言っているのだった。瀬古は昨日、三樹之助やおナツ、冬太郎が戻ったあと、一刻半（三時間）ほど出かけていた。もちろん行き先は言わなかった。

「あの人、深編笠《ふかあみがさ》を被《かぶ》っていたんだけどさ、それを持ち上げたとき、顔が見えたんだ。知った顔だったからさ、びっくりしたよ」

「何をしていたのだ。浅草寺の参拝をしていたのか」

「そうじゃないよ。それがおかしいんだよ。浅草茅町二丁目に、越後屋っていう米問屋があるんだけどね、そこを覗いていたんだ」

「覗いていただと、間違いないのか」

「うん。だって様子が変だからさ。旦那と一緒に、立ち止まってじっと見たんだから」

女もずいぶん物見高いとは思ったが、三樹之助にしても聞き流すことはできなかった。米問屋を覗いて、いったいどうしようというのか。

「お祭りみたいなもんだからね、けっこうお客さんもあった。それでね、若いおかみさんがいて、お客を見送りしたんだけどさ。どうもせーさんは、そのおかみさんを見ていた気がするんだ」

「どうして、そう思ったんだ」

「だって、その人が出てくると顔付きが変わった。ここで湯汲みをしているときとは、ぜんぜん違う顔」

「どんな顔だ」

「うーんとね。うまく言えないけど、ほっとしたような顔かね」

様子を見ていたとは言っても、僅かな時間である。持ち上げていた深編笠は、若おかみが店の中へ姿を消すと、元に戻した。そして立ち去って行った。

他にも越後屋なる米問屋を見張るわけがあったのかもしれないが、そこまでは分からない。ただ話を聞いた限りでは、瀬古がその米問屋と何かの繋がりがありそうだとは感じられた。

おかみの顔を見て、表情が変わったのも気になった。

「おかみさんに、声をかけたりはしなかったわけだな」

「あたしが見ていた限りでは、しなかったね」

見ているだけで、何もできない相手か……。

しかし瀬古という得体の知れない男の、一面がうかがえたのは確かだった。

源兵衛は出かけていて留守だった。店が開くと、しばらくたつ頃にはいなくなっていた。

「ちと浅草茅町まで、様子を見てきたいのだがな」

五平に事情を話すと、

「そうですかい。じゃあ、見てきてもらいましょうか。内緒《ないしょ》で」

人の昔をあれこれ探るのは、褒《ほ》められることとはいえない。しかし三樹之助だけでなく、五平も気になっていたのは事実だった。

「なあに、その若おかみに声をかけたりはしない。店の評判と若おかみの人となりを聞いてくるだけだ」

三樹之助はそう言って、夢の湯を出た。湯汲み番は、何も知らない瀬古が替わってくれた。

蔵前通りには、米などを積んだ荷車が行き来し、お店者《たなもの》や行商人、札差から金を借りようという御家人などの姿が戻って、常と変わらない景色になっていた。昨日の混雑とは様変わりしている。

米問屋越後屋は、界隈《かいわい》では大店《おおだな》と指折り数えられるほどの店ではなかった。しかし重厚な建物で、奉公人たちのしつけもよく、気持ちの入った仕事をしていた。

ぼんやりしている者など一人もいない。

前を通ると、米糠《こめぬか》のにおいがした。

「商いは、しっかりしていますよ。何軒もの札差の店を顧客にして、そこの米を捌《さば》いていますからね」

「跡取りの豊太郎という人は腰も低いし、堅実な仕事をするようです」

近所にある古着屋で店番をしていた婆さん、豆腐屋の振り売り、蕎麦屋の女房、そして同業の米問屋の手代《てだい》にも聞いた。評判は上々だった。

若旦那の豊太郎は働き者で、時によっては自らも米俵を担《にな》うそうな。

「お武家とのかかわりですかい。それはあまり聞きませんね。札差からの米を捌いていますが、お客は小売りの米屋ですからね」

同業の手代は、そう言った。

「おかみさんは、何という人かね」

「瑞江さんといいます。なかなか気丈で、愛想もいい人ですよ。半年前に祝言を挙げました」

「どこの娘さんなのかね」

「いや、どこかのお店の娘だったのではありません。もともとは越後屋さんで仲働きの女中をしていました。そこで若旦那に見初《みそ》められて、旦那の豊右衛門《とよえもん》さんにも望まれて、嫁になったんですよ」

同じ蔵前の米問屋の養女になり、そこから嫁いだ形にしたという。

「越後屋へ来る前は、何をしていたのかね」

「三年くらい前に店に来たと思いますが、それ以前のことは分かりませんね」

ほとんどの者がそう答えた。

「お武家の出だって、聞いたことがある気がするけど」

そう言ったのは、古着屋の婆さんである。しかしどこで聞いた話か、覚えているわけではなかった。武家の出ならば、瀬古と繋がらないとはいえない。

歳は二十四だというから、瀬古とは二、三歳ほどの違いだということになる。

「昔のことは、言いたがらないんでね」

ともあれ、顔ぐらいは見ていこうと考えた。三樹之助は婆さんに駄賃《だちん》を渡して、店先に座らせてもらった。

「ああ、あの人ですよ」

半刻近く座った頃、婆さんが越後屋の店から出てきた女房を指差した。若旦那らしい羽織姿の男と一緒だ。これが豊太郎だそうな。

女としてはやや背が高いが、亭主の体が大きいので、釣り合いが取れていた。

目鼻立ちが整っていて美貌だが、志保のような高慢で冷たい印象はなかった。気さくな感じで、亡くなった美乃里に雰囲気が似ていた。

昔の、瀬古の思い人なのだろうか。歳からいえば兄妹ともいえないことはないが、顔は似ていなかった。

「そうそう、思い出しましたよ」

婆さんが、言った。

「瑞江さんの生国は越後だね。そういう話をおかみさんがしていたことがある」

越後から江戸の越後屋へ女中奉公にやって来る。さして珍しい話ではなかった。屋号からいって、豊太郎にしても何代か前に、先祖が越後から江戸へ出てきた。そういう意味では、無縁の土地ではなかった。瀬古も、越後の出ということなのだろうか。

瑞江なり豊太郎なりに直《じか》に聞けば、もっと詳しいことが分かるはずだ。だがそれをするのは憚《はばか》られた。何が出てくるか分からないが、今のところはこのくらいにしておこうと考えた。

「世話になったな」

三樹之助は古着屋をあとにした。

七

夢の湯へ戻ると、源兵衛がいた。

三樹之助は女湯の客から耳にした話と、浅草茅町まで行って、越後屋と瑞江という若おかみについて見聞きしたことを伝えた。

「そうですかい。ならばあっしも、そっと調べてみましょう。もし悪さをしていたというならば、捕らえなくちゃならねえ。そうでないなら、力になってもいいし、合点《がてん》がいくならば逃がしてやってもいい」

源兵衛はそう応えた。

瀬古は何かを抱えて、夢の湯にいる。瑞江が尾羽打ち枯らした浪人者と繋がるとは、とても思えない。

しかし何かがある、そういう気持ちは否定できなかった。

夕方近くになって、夢の湯はそろそろ忙しくなってくる刻限だった。三樹之助は、釜焚きを受け持った。

薪をくべていると、おナツや冬太郎が寄ってくる。冬太郎は、飛んだり跳ねたりの実演に余念がなかった。年上のおナツは、そろそろ玩具に飽きてきた気配だった。

「志保さまたちと、今度はどこへゆくの」

そんなことを尋ねてきた。三樹之助にしてみれば、考えたくもないことである。

「おや、兄上さまだ」

冬太郎が叫んだ。見ると兄の一学《いちがく》が、裏の木戸口から入ってきた。

「達者でおるか」

三樹之助が夢の湯で過ごすようになって二月ほどになる。その間に、何度か訪ねてきてくれていた。本所御舟蔵《おふなぐら》と深川六間堀町《ろつけんぼりちよう》の間にある、実家大曽根家の者の中で、ただ一人だけ三樹之助の居場所を知っている兄だった。

家禄七百石の大曽根家の跡取りで、学問は優秀。剣術ばかりの三樹之助と違って、一族の期待を集めていた。兄弟は二人だけである。

武家では、長男とそれ以下では、扱いに雲泥の差があった。身につけるものから食い物、学ぶ学問や剣術の師まで異なるのが普通だった。そんな中で到来物《とうらいもの》の菓子など貰うと、一学は三樹之助と半々にしてくれた。苦手な手習いも、丁寧に教えてくれた。

物心ついたときから、次男坊の面倒をよく見てくれたのである。

「土産だ」

東両国《ひがしりょうごく》の茶店で蒸している饅頭である。手に取ってみるとまだ温かい。三樹之助の好物だった。

「わあっ」

おナツや冬太郎も寄ってきた。

さっそく皆で分けて食べた。三樹之助は酒も甘いものも両方いける。あっという間に平らげると、釜場の前で、一学と並んで腰を下ろした。

薪をくべながら話をする。湯がぬるくならないように、適当な間隔で満遍なく釜の中に薪を放らなくてはならないのだ。

「兄上のご祝言も、だいぶ迫ってまいりましたな」

九月と決まっている。

「祝言までには、その方も屋敷に帰っておるとよいな。そのための取り成しならば、いくらでもするからな」

「はあ」

一学は好意と情愛をこめて言ってくれている。だが三樹之助にしてみれば、すっきり「はい」とは口にできなかった。

ことの起こりは、志保との縁談である。

初めて会ったときから、とんでもない女だと思っていたが、屋敷を出奔《しゅっぽん》したのはそれだけが理由ではなかった。

今回の入り婿話の運び方に、不満と不審があった。

三樹之助には、美乃里という許嫁がいた。家禄二百石の袴田家《はかまだけ》の跡取り娘である。好いて好かれる仲だった。入り婿になるという気持ちはなかった。掛け替えのない娘と祝言を挙げるという気持ちである。

ところが五千石の大身旗本小笠原監物《おがさわらけんもつ》の嫡男正親《まさちか》の、おもちゃにされてしまった。精一杯の反抗をしたが、しょせんは女の力だった。美乃里は三樹之助に済まないと、自害をしてしまったのである。

およそ七ヶ月前のことだ。

袴田家も大曽根家もこの一件を目付《めつけ》に訴えようとしたが、頓挫《とんざ》した。小笠原監物は幕府の御留守居役《おるすいやく》で、大名の格だった。中堅旗本が何を言っても、太刀打ちできる相手ではなかった。

また正親は非道なことをしたが、自ら手にかけたのではなかった。

あくまでも美乃里が、自裁をしたのだった。

しばらくして、袴田家の当主は三百俵高の日光奉行支配組頭《にっこうぶぎょうしはいくみがしら》という役を命じられた。百俵の加増である。だが裏には、小笠原家の企《たくら》みが透けて見えた。江戸から追い払ったのである。

そして許嫁を奪われた三樹之助にも、餌《えさ》をたらしてきた。酒井家への婿入り話である。小笠原家と酒井家は近しい縁戚関係にあった。

三樹之助の父大曽根左近《さこん》は、それを承知の上で縁談を受けようとした。後《うし》ろ盾《だて》のなかった大曽根家が、名門酒井家と繋がるのである。両親はもちろん親類縁者はこぞって狂喜し、話を進めるようにと迫ってきた。

けれども……。

自裁した美乃里の心を思えば、縁談を受け入れることは三樹之助にはできなかった。

それでは美乃里の無念は晴れない。

大家《たいけ》におもねる父の弱腰にも、不満があった。

「いつか小笠原正親には、己がしたことの償《つぐな》いをさせてやる」

そう心に誓っていた。

「兄上、酒井家から、何か言ってきたのですか」

「何も言ってはこぬな。父上も、酒井家にはその方が急の病だと伝えたきり、何も言ってはおらぬ」

「さようですか」

「もう酒井家は、縁談を反故《ほご》にしたのではないか。縁者の中にはそう言う者もいる。その方の出奔に、腹を立てているわけだ」

「…………」

勝手にしろ、と三樹之助は思う。そいつらが考えているのは、己の都合だけだ。

「父上は承知しないが、その方を勘当しろと言う者まで現れた」

「なるほど」

勘当をされるのは、こちらにとっては好都合である。小笠原正親に対して、誰に気《き》兼《が》ねをすることもなく、報復ができるからだ。

「おれはな、三樹之助」

一学は、改まった口調で言った。これから言うことを伝えたくて、ここまでやって来たのだと察しがついた。

「その方が酒井家の婿になろうとなるまいと、どちらでもよい。ただな、なし崩しに反故にするのは、よくないのではないか。どのようなことになろうと、その方は父上や母上に、存念《ぞんねん》をはっきり伝えるべきだ。それで久離になるのならば、仕方のないことだ。おれの代になったら、解いてやろう」

そこまで言って、一学はふうと息を吐いた。

この人は子どもの頃から変わらない。自分のことを弟として慈《いつく》しんでくれている。

「酒井家と小笠原家が近しい縁戚にあることは、充分承知の上で進めた話だ。しかしな、父上も母上も、もちろんおれもだが、美乃里殿の無念を忘れたわけではないぞ」

「お家のためでございますか」

「それもある。しかしな、酒井織部殿という方はな、なかなかの人であるそうな。小笠原に唆《そそのか》されて、お家の跡を継ぐ婿を、いい加減に決める御仁《ごじん》ではないということだ」

「どういうことですか」

「その方を、見込んだからこそではないか」

「まさか」

三樹之助は言葉を呑み込んだ。

そういえば酒井は、自分が直心影流団野道場で、師範代に次ぐ腕前を持ち『団野の四天王』と呼ばれていることを知っていた。非礼な道場破りを勝手に追い払い、出入り禁止になったことも承知している気配だった。

「しかしな、こちらから何も伝えないでそのままにすれば、無礼な話だ。それは相手がご大身であろうと、小禄であろうと同じだ」

一学の言う意味はよく分かった。筋は通っている。ただ気になるのは、志保の動きだった。

夢の湯へ通ってくるのは、父織部に命じられてのことなのか。それとも自らの意思なのか。もし自らの意思ならば、どういう気持ちなのか、三樹之助には見当もつかない。

ただはっきりと言えるのは、志保は父親に言われて、しぶしぶ来ているのではないということだった。それならば、おナツや冬太郎は懐かない。

ただそれが、縁談を進めたいという意思表示だとは考えられなかった。そこが分からないところである。

「まあおれの祝言に、弟のその方が出ないのは、筋の通らぬことだ。それまでには、決着をつけたいものだな」

また来ようと言って、一学は帰っていった。

祝言には、ぜひとも出たい。兄にとって、一生に一度の出来事である。ただどうなるかは、思案の外《ほか》だった。

「大曽根殿」

そこへ瀬古がやって来た。下帯一つの姿で、湯桶を持っていた。湯汲みを替わってほしいと言ってきたのである。

顔付きがこわばっていた。

「お安い御用だ」

三樹之助は湯桶を受け取った。着物を脱いで、『呼び出し』へ行った。

流し板も板の間も、だいぶ混み始めていた。だが気になったのは、二人の見慣れない侍が、番台の五平に何か話しかけていることだった。

湯客でないのは、物腰を見ればすぐに分かった。

「あの二人は、何を言っているのだ」

たまたま近くにいたお久に聞いた。

「瀬古さまのことを聞いているんですよ。せーさんというのは、瀬古長四郎《ちょうしろう》ではないかって」

「五平は、なんと答えているのだ」

「せのう、とかいいかげんなことを言って誤魔化《ごまか》しています。でも下の名は、本当に知りませんからね。頓珍漢《とんちんかん》な問答になって、お侍は怒っているんですよ」

お久も困惑していた。客たちは遠巻きにして、様子をうかがっている。

こんなときに限って、源兵衛はいない。

侍は、身なりからして直参かどこかの家中である。二十代後半と半ばくらいの年恰好だった。

瀬古は、あの二人の姿を認めて、湯汲みを替わってくれと言ってきたのだ。見覚えがあるに違いなかった。

「三樹之助さん。ぼやぼやしていないで、湯を汲んでおくれよ」

女湯から声がかかった。四、五人ほどの湯を汲んで男湯へ戻ると、二人組の侍の姿はなくなっていた。

八

青い空に鰯雲《いわしぐも》が浮かんでいる。

湯島切通町の坂道を歩く振り売りの呼び声が、午後の日差しの中で響いた。

「おがらー、おがらー、おがらー」

眠気を誘う声だ。盂蘭盆会《うらぼんえ》の迎え火に焚く苧《お》がらを売り歩いている。それが行き過ぎて次にやって来たのは、間瀬垣《ませがき》売りだ。

「まこもや、まこもや。ませがきや、ませがき」

こちらの方が、商う品が大きい。杉の青葉を竹に編みつけて、小ぶりな垣を作る。これに苧がらを使って飾りにした。家々でこしらえる精霊棚《しょうりょうだな》の囲いにするのだ。

真菰《まこも》は、粗末に編んだ莚《むしろ》のことである。精霊棚の敷物にする。盂蘭盆の用意が、そろそろ始まるのだ。

「たァけや、たァけや、たァけや」

篠竹《しのだけ》を売り歩くのは、七夕のためではない。これは精霊棚の四方に立てた。菰縄を四方に引き渡して、この縄に白茄子《しろなす》や赤茄子をつり、竹の本《もと》には草を結《ゆ》わいつける。

「竹屋さん、枝振りのいいのを、置いていっておくれ」

「へえーい」

振り売りを呼び止める、女房の声が路地から聞こえた。

「ああいう物売りが来ると、お盆も近くなったと感じますねえ」

五平が感慨《かんがい》にふけるといった口調で三樹之助に言った。

面長《おもなが》でこけた顎《あご》が突き出ている。髪が薄いので、髷《まげ》をやっと結っていた。古女房と二人で、近くのしもた屋に住んでいる。

「五平殿には、昔は子どもがいたそうだな」

「ええ。もう何十年も前に、流行《はや》り病《やまい》で亡くしましたがね」

女の子だったという。

「一年のうちで、たった三日だけですが、あの子の魂《たましい》が私たち夫婦のところへ戻ってきます。精霊棚には、いろいろと好物を供えてやらなくちゃあなりません」

盂蘭盆会の魂迎《たまむか》えの頃になると、胸がざわつくと言った。誰が忘れても、娘のことを五平夫婦だけは忘れない。

三樹之助は、湯屋の前の道に撒《ま》き水《みず》をした。女の子どもたちが、何か歌いながら皆で踊りを踊っている。

「はて」

女の子たちのいる向こうに、二人の侍の姿が見えた。きちんとした身なりで、顔に見覚えがあった。昨日夢の湯の番台で、五平に瀬古のことをあれこれと尋ねていた者たちである。

質屋から出てきたところだった。そしてすぐに、隣の筆墨屋《ひっぼくや》へ入っていった。

「まさか質屋で金を調《ととの》え、筆を買いに入ったのではあるまい」

三樹之助は水撒きをやめて、質屋へ顔を出した。主人も奉公人も、皆夢の湯の客である。

「今来た二人の侍だが、何をしにきたのかね」

店先にいたのは、四十がらみの主人だった。

「夢の湯の『せーさん』のことですよ。いつからいるのか。本当の名はなんというのか、生国はどこかって、そういうことでしたね」

「それで、なんと答えたのかね」

「答えるも何も、『せーさん』の他は、何も知らないんですからね。話だって、ろくすっぽしたことがない」

「うむ。それはそうだな」

三樹之助にしても、同様だった。

侍たちは、筆墨屋の次に荒物屋へ入っていった。そこらへんの店は、どこも夢の湯の客だ。

「ええ、『せーさん』のことですよ」

筆墨屋の女房も言った。この女房は、瀬古という苗字を知っていた。お久と幼馴染みで、親しくしていたのである。

「教えたのか」

「言っては、まずかったんですかね」

女房は顔に、困惑の色を浮かべた。

荒物屋を出た二人は、もう切通町の商家には入らなかった。顔を見合わせてから、坂の道を下り始めた。上野広小路《うえのひろこうじ》の方向へ歩いてゆく。

「いったい何者なのだ」

呟《つぶや》いた三樹之助は、侍たちをつけて行く。瀬古について抱えていた疑問を、解いてくれるのではないか……。

どちらもかなり足早だった。

上野広小路の雑踏をすり抜けて、東へ向かってゆく。武家地に入った。どこにも止まる気配はない。

広大な大名屋敷の並ぶあたりに出た。主家の屋敷に戻ろうとしているかに見えた。

出羽《でわ》秋田藩《あきたはん》佐竹家《さたけけ》の上屋敷の横に出た。大藩の屋敷の周囲は、堀に囲まれている。人気のない道だった。

三樹之助はかなり間を空けてつけていた。

佐竹家の屋敷の角で、二人は右に曲がった。そのまま南に歩いてゆく。進んでゆくと、左手に三味線堀《しゃみせんぼり》が現れた。かまわずそのまま歩いてゆく。

このまま行けば、神田川に架かる新《あたら》シ橋《ばし》にぶつかる。

だがそこまでは行かなかった。幕府の御籾蔵《おもみぐら》の手前で左に曲がった。大名屋敷の前で立ち止まった。迷う様子もなく、閉じられた門扉《もんぴ》の脇にある潜り戸を叩いた。内側から戸が開いて、二人の侍は中へ入っていった。

十万石を超す、大大名の屋敷ではなかった。

三樹之助は、近くにあった辻番所《つじばんしょ》へ行った。秋の日差しを浴びた辻番の老人が居眠りをしていた。

「あの屋敷は、どちらのお家のものなのだ」

声をかけると、老人は目を瞬《しばたた》いた。

「越後与板藩《よいたはん》二万石、井伊家《いいけ》のお屋敷だ」

偉そうな口ぶりでそう言った。

第二章　上意討ち

一

「何か話をしようと思っても、すぐにいなくなっちまう。あたしゃ五平さんに押し付けたら、もうそれで知らないっていうばかりじゃないか」

　男湯の板の間で、お久が源兵衛を捉まえて苦情を言っていた。岡っ引き稼業だから、町の衆に呼ばれれば行かなくてはならないのだが、毎日のことだった。

　お久は、源兵衛が岡っ引き稼業を続けていることに不満を持っている。それは湯屋の仕事を押し付けられることだけではなかった。

　源兵衛の女房、すなわちお久にしてみれば母親になるおトシを、犯罪に巻き込まれて亡くしているからだった。源兵衛の体も、着物を脱ぐとたくさんの刀傷が刻まれている。

やめてほしいと考えているのだ。

娘の小言を聞きながら、一言も言い返さない。言い返せば、小言はさらに長くなることが分かっているからだった。

さすがに、これを遮《さえぎ》って出てゆくことはしなかった。

源兵衛の低い鼻の穴が、ぷくっと広がっている。

不満なときの表情だった。

こういうときは、誰も近寄らない。

おナツや冬太郎にしても、遠くから見ているだけだった。客たちも慣れたもので、皆そ知らぬ顔で湯に入って行く。

そろそろお久の小言も終わりそうになったとき、三樹之助は男湯の流し板で湯汲みをしていた。

「いちいちそのたびに、湯の代を払うのは面倒なことじゃな。まとめて払うことはできぬのか」

高飛車《たかびしゃ》な物言いが、番台の女湯の方から響いてきた。覚えのある声だった。三樹之助はその声を、うんざりした気持ちで聞いた。

「あっ、志保さまだね」

おナツが目の色を変えた。

冬太郎は番台の前にある扉から、あっという間に女湯の方へ移っていた。おナツも続いている。

「ええ、できますよ。一月通しで湯代を払っていただけば、入浴切手をおわたしすることができます。でもですね、めったにお見えにならない方がそれをお求めになると、ずいぶんと割高になってしまいます」

五平が仕組みを話して聞かせた。

入浴のたびに代を払って入るのを現金湯といった。一回十文の入浴料である。かけ蕎麦一杯が十六文だから、さして高いとはいえない。

しかし一月分の入浴切手を買えば、そのたびに入浴料を払うという手間を省くことができた。また一日に何度湯に入ろうとも勝手だった。これを現金湯の客に対して、留湯《とめゆ》の客といった。

「で、それはいかほどなのじゃ」

「うちでは、百四十八文でございます」

「なんと、安いではないか。そのようなはした金」

裏長屋の客が聞けば、腹を立てるだろう言葉をお半は吐いていた。

「それにな、ここへ参る回数を増やせば、どれほどのこともあるまい」

「わあっ、ほんと。うれしいな」

お半の言葉に、冬太郎のはしゃぐ声が重なった。

「ねえ、志保さま。あたしも一緒に入ってもいい」

「よいですよ。でも体は自分で洗わなくては、なりませんよ」

「だいじょうぶ。分かっているよ。赤子じゃないんだから」

志保の返答に、おナツも声を上げた。

ぞっとしたのは、男湯でやりとりを聞いている三樹之助だった。

「それからな。洗い桶に屋号を入れて、己だけが使う湯桶を用いている者がいるな。あれはどういうことなのじゃ」

銭湯に常備してあるものは、高さ直径ともおよそ六寸の丸い桶である。多くの者はこれを使うが、個人用に洗い桶を用意し湯屋に置いておく客があった。

これを留桶といった。

高さは六寸と同じだが、丸桶ではなくわたり八寸に一尺ばかりの楕円形《だえんけい》のものだった。槇材《まきざい》や椹材《さわらざい》の柾目《まさめ》を使って作られている。

志保やお半は、この桶がずっと気になっていたのかもしれない。一時はお半が屋敷から桶を持って来ていたことがあったが、それでは面倒である。

「それは、いかほどなのじゃ」

「はい、銭三百文から銀一分までございます」

銀一分は四枚で一両である。湯桶にしては、極めつけに高額だ。一番の高級品には、客の定紋を漆《うるし》で描き、家印を焼印で捺《お》した。

「では一分のものと、二朱のもので、拵《こしら》えてもらおうではないか」

お半は尊大に言った。一分のものを志保が使い、お半自身は差をつけて二朱のものを使おうということらしかった。

「これで、志保さまは夢の湯のお得意様だね」

おナツが話している。おそらく冬太郎は、何かの踊りをおどっているはずだった。

このやり取りを聞いていたのは、三樹之助だけではなかった。源兵衛とお久も耳にしていた。

三人は、顔を見合わせた。顧客が増えたのは喜ぶべきだが、三樹之助にしてみれば素直に喜べなかった。

お久も、渋い顔をしていた。当の本人は気にしないが、女湯の客たちの間での志保とお半の評判は、すこぶる悪かった。

おナツと冬太郎が、男湯へやって来た。

「よかったね」

言われた三樹之助だが、返事をしなかった。

志保たちが来ると、いつもお久が女湯の湯汲みを替わってくれる。これだけは、正直なところ助かった。

源兵衛は、男湯の端にある段梯子《だんばしご》を登ってゆく。

夢の湯に限らず、湯屋には男湯に限って二階座敷があった。ここで湯上がりの客の相手をした。

一回につき八文の茶代を出すと、茶を飲んでのんびりすることができる。酒はないが、菓子などは売っている。囲碁《いご》や将棋《しょうぎ》の盤が置いてあり、勝負に興じる者がいれば、歓談したり爪を切ったりして時を過ごす者もいた。

誰と誰がいさかいを起こし、六軒先の婆さんが転んで腰を打った。どこそこの姑《しゅうとめ》と嫁は仲が悪い。町の噂が、ここに集まる。

岡っ引きの源兵衛にしてみれば、恰好の場所だ。

三樹之助が不審な侍二名をつけ、三味線堀の先にある与板藩の上屋敷へ入る姿を目撃したことは、帰ってすぐ源兵衛には伝えてあった。

「お大名が相手だと、手におえねえなあ」

源兵衛の口から、真っ先に出てきた言葉はそれだった。町方では、どうしようもない。

だからといって、瀬古を追い出そうとか知らんぷりをしようという気持ちにはなっていなかった。

「もし与板藩のお侍が攻めてきたら、裏口から逃がすまでですね。せいぜいときを稼いでやりやしょうや」

そんなことを言った。

湯汲みを替わってもらい、三樹之助は釜場へ行った。瀬古は顔を真っ赤にして薪をくべていた。

釜場の前にずっといると、初秋とはいえ汗が滲《にじ》み出てくる。

「精が出るな」

三樹之助は声をかけた。

「いや、それほどでも」

瀬古は釜の真っ赤に燃える炎を見詰めたままだった。話の接《つ》ぎ穂《ほ》がなかった。

釜の中に投げる薪は、中心も端も満遍なく燃えるように投げ込まなくてはならない。瀬古の目は、火の動きを追っていた。

与板藩について尋ねる言葉が三樹之助の喉元《のどもと》まで出かかっていたが、無理やり腹にねじ込んだ。あの二人の侍をつけたことは、頼まれてしたことではなかった。勝手にしたことである。

しかし黙っていることもできなかった。

「貴公の生国は、越後でござらぬか」

さりげないふうに、言ってみた。

これまで何を言っても動じなかった瀬古の顔が、ほんの一瞬こわばった。少なくとも三樹之助にはそう感じられた。

「なぜ、そのように言われるのですかな」

落ち着いた声で、問い返してきた。

「いやなに、そのような訛《なま》りをちと感じたものだからな」

三樹之助はとりあえずそう言ってみたが、瀬古からの返事はないままだった。

夢の湯で釜焚きに使う薪は、房州産《ぼうしゅうさん》か三浦産《みうらさん》の松材が基本である。薪炭屋《しんたんや》から纏《まと》め買いをした。

「でもさ、こう値上がりがひどくちゃ、やっていけないよ」

お久はいつもぼやいている。

江戸っ子は熱湯《あつゆ》が好きだ。そのためには、薪もたくさん必要だった。だからといって、入浴料十文の値上げを簡単には行えない。そこでどこの湯屋でも、若い衆が町内を巡って古材や朽木《くちき》の類を拾ってきた。

燃やせるものならば、小便桶《しょうべんおけ》や雪隠板《せっちんいた》でもいとわなかった。

「ではちと、木拾いに行ってこよう」

三樹之助は荷車を引き出し、瀬古を誘った。

湯屋にとって木拾いは大事な仕事だったが、どこから持ってきてもいいというわけではなかった。拾っていい縄張りというものがあった。

江戸市中には、一町に一軒に近い数の湯屋がある。どこの湯屋でも、無料の古材木は喉から手が出るほどほしかった。

だから縄張り外の場所から持ち出してしまうと、必ずといってよいほど悶着《もんちゃく》にな
った。そこで新しく入った瀬古に、拾ってよい区域を教えなくてはならない。

三樹之助が梶棒《かじぼう》を引き、瀬古が後押し役になった。湯島切通町と池之端仲町《いけのはたなかちょう》の一
部が、夢の湯の縄張りだった。

「それがしが取ってまいろう」

古材木を見つけると、瀬古は三樹之助を荷車に残して、走って取りに行った。拾っ
てきた材木は、大小を区別して荷車に積み上げた。

「持っていってもらおうと、待っていたんだよ」

壊れた棚材を、置いておいてくれた女房もあった。

一刻半ほど回ると、荷車はかなりいっぱいになった。壊れた竹箒《たけぼうき》や、柱材までが
交じっていた。

「これだけあれば、お久も不満な顔はするまいな」

満足の声で、三樹之助は言った。荷が少ないと、お久の機嫌は悪くなる。

ごろごろと引いて、夢の湯へ向かった。

「精が出るね」

町の人と出会うと、声をかけてくれる。三樹之助も、自分が少しずつ町に根を張ってきていることを感じた。

嬉しいことである。

湯島天神に近いし、上野と本郷《ほんごう》を繋ぐ道筋だから、往来の人の姿はけっこうあった。行商人や振り売りといった者だけでなく、武士や僧侶《そうりょ》も歩いている。

「おっ」

引いていた荷が、ごく僅かな間重くなった。後ろで押していた瀬古が、位置を変えたのである。右手横に移っていた。

前からは、三十前後の侍が歩いて来たところだった。浪人者ではない。三樹之助にしてみれば、見覚えのない顔だった。

何事もないように、侍は通り過ぎて行った。

そして瀬古は、すぐに元に戻った。後ろから押し始めている。

「はて」

三樹之助には、瀬古が侍から身を隠したように感じられた。積み上げた古材木は、前屈みになれば体をすっぽりと覆《おお》ってしまう。通り過ぎた侍から、姿を見えなくした形になる。

「瀬古殿、今通り過ぎた侍を、ご存じなのか」

声に出した。先日後をつけた、二人の侍とは別人だった。

「いや、知らぬな」

口ぶりに、どこか慌てた気配があった。しかし物言いは、キッパリとしていた。これ以上の追及を拒む響きがあった。

与板藩の者なのだろうかと、三樹之助は考えた。問い質《ただ》したいところだが、与板藩のことは、こちらが勝手に調べたことである。今の段階で、口に出せることではなかった。

ただあの侍が瀬古を知る者だとすれば、夢の湯を訪ねたか探りに来たかした人物である可能性は濃厚だった。

そのまま荷車は、釜場の前に運ばれた。

瀬古は三樹之助とは目を合わすこともなく、古材木を荷車からおろし始めた。黙々とやっている。それが済むとお久に言われて、湯汲み番に回った。

「三樹之助さま」

一人で釜番をしていると、おナツと冬太郎がやって来た。おナツは客から貰ったという飴玉を、口に入れてくれた。

「おいしいでしょ」

「ああ、甘いな」

菓子を貰ったりすると、冬太郎ははしゃいで踊ったり饒舌《じょうぜつ》になったりする。だが今日は朝からあまり元気がなかった。

「どうした。腹でも痛いのか」

三樹之助は抱き寄せた。

「ううん。そうじゃないけどさ」

さえない返答だった。

「叱られたんだよ」

おナツが代わりに言った。

「誰にだ。おっかさんにか」

「それがね、せーさんになんだよ」

「ほう」

珍しいことがあるものだと驚いた。冬太郎が何をしたのかは分からないが、瀬古が子どもを叱るのは、予想外だった。

「おいらが、いけないんだよ。勝手に大事なものを、見てしまったからさ」

冬太郎は自分からそう言った。

「何を見てしまったというのだ」

「帳面だよ。なんだか細かい文字が、いっぱい書いてあるやつ」

「そのようなものを、瀬古殿は持っていたのか」

「うん。戸棚に入れておいてあるんだね」

夢の湯で働いている五平以外の男の奉公人は、客が帰った後の二階座敷で寝起きしている。三樹之助と米吉、それに為造の三名だったが、それに瀬古が加わった。

四名はそれぞれに二階にある衣裳戸棚を一つずつ貰って、そこに私物を入れておくことになっていた。着の身着のままで屋敷を出てきてしまった三樹之助には、しまっておく物などなかったから空のままだが、他の三名は何か入れて錠前をかけていた。

二階座敷は身元の知れた常連だけでなく、一見《いちげん》の客も使う。何かがあっては後が面倒なので、米吉も為造も錠前をかけたのだ。

「木拾いに出かける前にさ、せーさん、戸棚を開けていたんだよ。お客さんは、将棋を指している人ぐらいしかいなかった」

瀬古はその帳面を開いて見ていたのである。

冬太郎は、何を見ているのかと気になった。

薪の代を記した帳面や留湯の客の名を書いた帳面など、台所や番台には無造作に置いてある。手に取ったところで叱られるものではなかった。冬太郎はいつもと同じ調子で、瀬古が帳面を床に置いた隙に、手にとってパラパラとやってしまった。

「そしたらさ。こらって、怖い顔して、取り上げられた。よっぽど、大事なものだったんだね。だからおいら、ごめんなさいってあやまったんだ」

瀬古はすぐに表情を和《やわ》らげたらしい。冬太郎の頭を撫でた後で、風呂敷《ふろしき》で丁寧に包んで、戸棚の中にしまい錠前を再びかけた。

「分かればそれでよい。めそめそするな」

逆に慰められたという。

「ならば、気にすることはない。瀬古殿は、もうなんとも思ってはいないぞ」

三樹之助は、冬太郎の頭を撫でてやった。

「うん」

少し、安心したらしかった。小さく笑みを浮かべた。

「それで戸棚の中には、他に何か入っていたのか」

「なんにも。それだけだった」

食べた饅頭の代が足りなくて、源兵衛がその分を払ってやった。そのまま連れてきたということで、荷物など何もなかった。その帳面だけを、懐に入れていたことになる。

「帳面には、何が書いてあったんだ」

探るようで気が引けたが、ついでなので聞いてみた。

「分からないよ。そんなこと。難しい字がいっぱい書いてあった。でもそういえば、数字が多かった」

「ほう」

数字ならば、手習いに通っている冬太郎は読めたはずだった。

瀬古が夢の湯へやって来たときの着物は、汗と埃で臭くて傍にも寄れないような代物だった。

銭も最後の十三文は茶屋で使ってしまった。尾羽打ち枯らした浪人者が、一冊の帳面だけを後生大事に抱えていた。

「分からぬ御仁だな」

抱いていた冬太郎を離すと、三樹之助は釜に拾ってきた古材木を投げ入れた。

三

江戸の湯屋は、夜明けとともに店を開ける。そして日暮れとともに、釜場の火を落とした。火を落としても、湯が温かいうちは客を入れた。

夜間の釜焚きは、火事を怖れて禁じられていた。湯屋が使う釜は、通常の家で使う竈《かまど》とは比較にならない大きさだ。したがって、風の強い日も火を焚くことを禁じられている。

そういう日は、臨時の休業となった。

男湯と女湯のそれぞれに暖簾《のれん》をかけても、朝のうちは、やって来る客のほとんどが男の客である。湯屋として忙しくなるのは、女客がやって来る昼過ぎからだった。

「早いうちに、魂棚《たまだな》を作るぞ。夕方には御迎え火を焚くからな」

「うん」

三樹之助は源兵衛から、おナツや冬太郎に手伝わせて精霊棚を作ってくれと頼まれていた。

子ども二人を連れて天神下の通りに行った。盂蘭盆会のための市が出ている。

昨日から、今日七月十三日の朝のうちだけ開かれる市だった。

商う品は間瀬垣、真菰、莚、竹、苧がら、稗穂《ひえぼ》、粟穂《あわぼ》、赤茄子、白茄子、紅の花、榧《かや》の実、青柿、青栗、鼠尾草《みそはぎぐさ》、蓮《はす》の葉、蓮華《れんげ》、鶏頭《けいとう》、瓢箪《ひょうたん》、菰造りの牛馬、灯籠《とうろう》、盆提灯《ぼんぢょうちん》、線香、土器、ヘギ盆といったものである。朝からたくさんの人が出ていた。

「ご先祖さまが乗ってくる馬は、おいらが瓜を使って作るよ」

毎年のことだから、姉弟は何をすればよいか分かっている。

買い物を済ませて夢の湯へ戻ると、流し板の裏手にある台所をかねた板の間に、お久がすでに用意してある青竹と菰縄を出して待っていた。

「それがしもお手伝いいたそう」

瀬古が傍らへやって来た。

四方に葉のついた青竹を立て、間瀬垣で囲ってゆく。精霊棚は武家でも町家でもやるから、手馴れたものだ。

棚ができると、中に真菰を敷いた。

お久が仏像といくつかの位牌《いはい》を持ってきて並べた。まだ新しい位牌が、二柱あった。

「ばあちゃんのと、おいらのおとっつぁんのだよ」

冬太郎が三樹之助に言った。源兵衛の女房とお久の亭主のことだ。

朝から五平の女房もやって来て、精進料理を作ってくれていた。

「これも一緒に置かせてくださいな」

亡くしてしまった、子どもの位牌を差し出した。ずいぶん古いものだった。

「生きていたら、三樹之助さまよりも年上になるんですけどね。あたしには、まだ幼い子どものままですよ」

「あたしたちは血は繋がってないけど、ずうっと親類以上の付き合いをしてきたからね」

お久が言うと、おナツが頷いていた。

女たちは、位牌に手を合わせた。

棚には冬太郎が作った牛馬に見立てた瓜や茄子、苧がらの飾り物を置き、水を盛った器に鼠尾草を浸して手向《たむ》け、花と灯明《とうみよう》を供えた。

「せーさんが手伝ってくれたから、あっという間にできたね」

冬太郎が言った。

瀬古は用事が済むと、そのまま釜場の方へ移っていった。

「よく働くねえ、あの人は」

五平の女房がつぶやいた。女中のお楽が頷いている。

「あの人、信心深いんだね。まあ願い事があるのかもしれないけどさ」

お久が口を挟《はさ》んだ。

瀬古は毎朝、店を開けた後で湯島天神へ参拝に行っているという。

「何を願って拝んでいるんだろうね」

おナツが聞いたが、もちろん答えなかったという。

「好いていた人を、亡くしでもしたのかねえ」

これはお楽の言葉だ。

瀬古は木拾いに行って、知り人らしい侍を見てから、湯汲みをやりたがらなくなった。骨惜しみをしているのではなく、人の目につくことを避けたい気持ちからに違いなかった。

瀬古に釜焚きを任せ、三樹之助は湯汲みを行うように心がけた。

午後になって、いつもよりも早い刻限で客がやって来た。魂迎えのために、入浴を済ませておこうという人たちである。

「こら、騒ぐな。おとなしくせんか」

連れられてきた子どもたちが、板の間を走り回り大人に叱られた。女湯からは、赤子の泣き声が漏れてくる。そうこうするうちに、銅鑼《どら》や木魚《もくぎょ》を鳴らし、念仏を唱えた布施僧《ふせそう》が現れた。

「ご苦労さまでございます」

おナツがませた口ぶりで、二、三枚の鐚銭を持たせた。

どさくさに紛れて、物貰いまでがやって来た。背開きの塩鯖《しおさば》二尾を重ねて、頭のところで刺し連ねて一刺しにした、刺し鯖を進物に持って挨拶に来る顔見知りもあった。

源兵衛が姉弟を連れて、旦那寺《だんなでら》へ墓参りに行った。

戻ってくると日も落ち始めていて、夢の湯の店の前で、迎え火を焚くことになった。

日が落ちるにつれて、生暖かい湿った風が吹き始めていた。

「火には気をつけるのだぞ」

三樹之助は、付け木を持ったおナツに注意した。

焙烙《ほうろく》の上に、苧がらを積んで火をつける。すでに斜め前の質屋や筆墨屋でも、家の者が集まって、赤い炎に合掌をしていた。

おナツの火も苧がらに燃え移った。

「おとっつぁん」

小さな声で呟いた。冬太郎も何かぶつぶつ言っている。

二人は父親や親族の霊を、一心に迎え入れているのだった。

父親は三年前に亡くなり、母親と姉弟で夢の湯へ戻ってきた。二人の父親だから、まだ三十になるかならないかの年頃だったはずである。

何をしていた男で、なぜ亡くなったのかを三樹之助は知らない。いつか尋ねようと考えていたが、なかなかできない。

「うむ」

子どもたちが合掌する横で、三樹之助は少し体をこわばらせた。通りへ出てきたときから、何者かがじっとこちらを見ているのを感じたからである。

それがいつまでも消えない。

殺気というほどのものはなかった。しかし漫然と眺めているのとは違う感覚だ。

何気ないふうに、あたりを見回した。通りを、すでに夕闇が覆っている。風で揺れる迎え火の炎は目立ったが、潜んでいるのであろう人物の姿は、捜し出せなかった。

「ご先祖さまは、もう家の中に入ったかなあ」

目を開けた冬太郎が言った。三樹之助の足に、体を擦り付けてきている。いつもの甘ったれた仕草《しぐさ》だ。

「ああ、入って行ったぞ。二人が目をつぶっている間にな、この脇をぞろぞろと通っていった」

「ええっ」

びくりと、冬太郎は体を震わせた。

風が徐々に強くなっている。苧がらの炎が、大きく揺れていた。

「火を消すぞ。火事になっては一大事だからな」

四

風は夜が更けるにつれて強くなっていった。そして明け方近くになっても、吹き止む気配がなかった。かえってひどくなっている。

夢の湯は決して古い建物ではなかったが、あちこちの戸がかたかたと鳴った。植木鉢が転がってぶつかる音や、飛ばされてきた木切れが壁に当たる音なども耳に入った。

「こりゃあ、今日は火を焚くわけにはいかねえな」

源兵衛がお久や奉公人の前で、そう言った。

火事にでもなったら、ひとたまりもない。

いつもよりも早めに来ていた五平が、強風で釜が焚けないむねを紙に書いて、戸口に張り出した。当然暖簾や幟《のぼり》は出さない。

「思いがけない、休みになりましたね」

一番若い十七歳の米吉がにやりと笑った。こういう日は、どこへ行こうと夕暮れ時までに帰ってくれれば、かまわないことになっている。

遊びたい年頃である。さっそく出かける支度を始めた。先日の七夕のお捻りが残っているようだ。

「風がやんだら、戻って来るんだぞ。遠くへ行っちゃあならねえ」

源兵衛に念押しをされた。

二日後の七月十六日は、藪入《やぶい》りである。どこでも奉公人は一日だけ暇をもらって、実家へ帰ったり盛り場へ遊びに行ったりする。けれども湯屋は、この日も商いをした。

藪入りで帰ってきた子どもたちが、親と湯に入りに来るからである。つかの間の親子で過ごす時間だった。

となると湯屋の奉公人は、この日に休みを取ることができない。翌十七日を休みにしていた。一日遅れの藪入りだ。

しかしこの他に強風の日に限って、湯屋は休みになった。この休日は、奉公人にとって儲《もう》けものの一日といえた。

実家へ帰って、精霊棚に手を合わせることもできたのである。通いの女中お楽も、家へ戻っていった。

湯屋を開ける、いつもの刻限になった。

強い風が吹けば、夢の湯も休みになることは、誰もが知っている。張り紙も出して
あった。

だがそれでも、戸を開けて入ってくる者がいた。

「おや、どうしたんだい。この程度の風で、お休みかい」

商いよりも、遊びの方が性に合っている近所の呉服屋の若旦那である。吉原《よしわら》かどこかの岡場所から朝帰りをしてきた模様だった。遊び疲れで、顔が少し浮腫《むく》んでいる。腑《ふ》抜《ぬ》けた顔だった。

「へい、あいすみませんねえ」

五平が下手に出てあやまっている。

「今朝は、ぜひとも浴びたかったんだけどねえ」

あくびをかみ殺しながら、未練がましく言っていた。見えないところで、おナツがあっかんべいをしている。

若旦那はしばらくあれこれ言っていたが、ようやく出て行った。

そういう客がたまにあった。犬のように追い返すわけにはいかないから、ともあれ

五平が相手をする。

風が収まる気配は、いっこうになかった。

昼にはまだならない刻限である。男湯の戸が、乱暴に開けられた。砂埃の混じった風が、室内にひゅうと流れ込んだ。

「どうしたのだ。なぜ湯を沸かさぬのだ。せっかくやって来た客に対して、無礼ではないか」

「これからすぐに焚けよ」

がなり声が板の間に響いた。四十前後の浪人者と二十代半ばの遊び人ふうが、店に入ってきたのだった。

「ご、ご冗談を。この風の日に」

「な、なんだと。冗談だと。無礼を申すとただではおかぬぞ」

浪人者が、五平の胸倉を摑んで強く揺すった。頰骨の出た四角張った顔で、目が狡《こう》猾《かつ》そうに光っている。

「ご無体《むたい》なことは、おやめくださいまし」

目を白黒させながら、五平は懇願《こんがん》している。だが浪人はやめる気配はなかった。因《いん》縁《ねん》をふっかけ、からむつもりでやってきたのである。

またしても、源兵衛は留守だった。

「さあ、湯を沸かせ。ぐずぐずするな」

薄っぺらい体を突き飛ばした。五平はなすすべもなく尻餅《しりもち》をついた。

「ど、どうぞご勘弁を」

どうにか立ち上がった五平は、小銭を取り出すと紙に包んで差し出した。尻を打った痛みが続いているのだろう。顔を顰《しか》めていた。

「ふざけるんじゃねえ。こんなはした金で」

それまで黙っていた遊び人ふうが、差し出した銭を弾き飛ばした。声に凄味をきかせている。土足のまま板の間に上がりこんでいた。懐からは匕首《あいくち》が覗いて見えた。

ここまで来ると、もう放っておくわけにはいかなかった。三樹之助が前に出ようとすると、脇から遊び人の前にすっと現れた者がいた。

「せーさんだ」

固唾《かたず》を呑んで見ていた冬太郎が言った。

瀬古は手に、取っ手のついた汲み桶を持っていた。

「もう、それくらいでよかろう」

「な、なんだと」

遊び人が叫んだ。懐から匕首を抜いている。

髪形や言葉つきから、相手が武家であることは気づいたはずである。だがそれで怯む気配は見せなかった。

「ほれっ」

匕首の切っ先を突き出した。遊び人はただの脅しのつもりだったらしい。

しかし次の瞬間には、匕首は楕円を描いてすっ飛んだ。

「い、いててっ」

腕を捻られていた。顔が歪《ゆが》んで真っ赤になっている。

「おのれっ」

浪人が、刀に手をかけた。

抜こうとした折も折、瀬古が手にしていた汲み桶が振り下ろされた。

それと同時に、遊び人ふうが板の間に突き倒されていた。地響きがあって、汲み桶がぽこりと音を立てた。

「ううっ」

浪人の眉間《みけん》が割れて、血が溢《あふ》れ出ていた。浪人が呆然としている。何が起こったか、自分でも分からないらしかった。

瀬古が持っていた汲み桶は、強く打ち付けたにも拘《かか》わらず、まったく壊れてはいなかった。

「ち、ちくしょう。覚えていやがれ」

我に返った二人は、目を剝《む》いた。

捨《す》て台詞《ぜりふ》を残して、まず遊び人ふうが外へ飛び出した。浪人も、弾かれたように後を追って出て行った。

「あ、危ないところを、ありがとうございました」

五平が、礼を言った。

「いや、それほどのことではない。それよりも、板の間を汚してしまったな。相済まぬことをいたした」

見ると、床に血が落ちていた。浪人の割れた額からのものである。

瀬古は懐からくしゃくしゃになった手拭いを取り出した。膝をついて、それを拭き取った。

五

「風がやみませんね。火など出ねばよいのですが」

五平が、不安げに言った。あちこちの戸がかたことと鳴っていた。風の唸《うな》りと共に、その音は休みなく続いている。

すきま風が、どこかから流れ込んできた。

「精霊棚の灯明を消しましょう」

お久が不安げに言った。もし倒れでもしたら一大事である。さすがに時が過ぎてゆくと、湯に入りたいなどと無茶《むちゃ》を言う客はなくなった。

「おや、雨も降り出してきたぞ」

薄暗い屋内から外を見た三樹之助が、声を出した。冬太郎の体が、ぴったりと張り付いている。

と、そのとき、裏手の長屋から叫び声が上がった。

「か、火事だ。火事だよ」

これを聞いて、居合わせた者たちの体が瞬間こわばった。三樹之助の他に、五平とお久、為造、瀬古、そしておナツと冬太郎だった。源兵衛は、このときもいない。

だが次の瞬間には、それぞれが手桶を持って、湯釜の近くにある井戸まで駆け出していた。

「おナツと冬太郎は、外へ出るな。いざとなったら、すぐに五平殿と逃げるのだ」

三樹之助は叫んだ。

火が出たのは、夢の湯の裏木戸から路地を挟んだ向かい側の長屋である。風はこちらへ向かっていた。

棟割《むねわり》長屋の一部から、真っ赤な炎が上がり黒煙が舞っていた。燃え盛る炎の音が聞こえた。

放っておけば、長屋を焼き尽くした火は、夢の湯の積み上げられた薪に引火する。そうなったらもう、消すことはできない。

「火消しを呼べ」

誰かが叫んでいる。だが、それを待っている暇はなかった。

「瀬古殿、水をかけるぞ」

「承知」

三樹之助が声をかけると、瀬古が井戸の水を汲み始めた。力がこもっている。滑車がきいきいと音を立てた。

近所からも人が飛び出してきた。素足《すあし》のままの者も少なくない。

「水桶を運べ」

「おうっ」

火の手はまだ他の建物には移っていなかった。古材木の長屋は音を立てて燃えていた。

炎は不気味な生き物のようだ。真っ赤な手足を震わせている。

無数の火の粉が、風にあおられて飛んできた。

為造やお久は、湯殿に張ってあった水を汲み出した。

火の前に立った三樹之助は、手に手に運ばれてきた桶の水をぶちまけた。かけた直後はじじっと音をさせるが、すぐに火柱が立ち上がった。

着ているものや髪の毛が、ちりちりと燃えるのが分かったが、かまっている暇はなかった。熱さや痛さは感じなかった。

次々に運ばれてくる水を、炎に向かってかけ続けるだけだった。

水をかけているのは、三樹之助だけではなかった。長屋の共同井戸を使ってかけている者もあった。水桶を握り締めた鋳掛け屋《いかけや》の親仁《おやじ》は、真っ赤な夜叉《やしゃ》さながらの面相だった。

建物を呑み込んで、燃え盛ろうとする炎と闘っているのである。

三樹之助は自分も鬼になろうと考えた。

「急げっ」

「垣根に燃え移ったぞ。そっちを先に消せ」

怒鳴り声が交差する。子どもの泣き声や女の悲鳴が聞こえた。

「子どもと年寄りを遠ざけろ」

懸命に水をかけ続けるが、火の勢いは収まらない。迫ってくる炎を押し止めるのがやっとだった。

何度も繰り返していると、次第に桶の水が重く感じられてきた。

どれほどのときがたったか分からないが、鋳掛け屋の親仁がばて始めていた。いかにも動きが鈍くなっている。

「おれが替わろう」

そう言って出て来た者がいた。

「瀬古殿ではないか」

三樹之助は叫んだ。井戸から水を汲み上げていたはずである。

「源兵衛殿が戻られた。ここは貴殿とそれがしで守ろう」

運ばれた水桶を奪い取ると、火の中に踏み込んでぶちまけた。

「瀬古さま、無理はしないで」

お久が叫んでいた。

火が出たのは、棟割長屋の端からである。少しずつ燃え移ってゆく。

勢いを止めることはできないのか。ふっと弱気が頭をもたげた。

「ばあちゃんが」

そのとき、叫び声を上げた娘がいた。長屋の一軒に、まだ老婆が逃げ損ねているという。腰を抜かして、動けないらしい。

「どこだ」

瀬古が叫んでいる。

「あそこ」

娘が指差した。炎と黒煙を上げている場所の、すぐ横の住まいだった。

「だめだ。近寄れねえ」

誰かが叫んだ。

三樹之助は回ってきた桶を、自分の体にかけた。飛び込むつもりだったからだが、場所としては瀬古の方が近かった。

　三樹之助よりも少し早く、瀬古が炎に躍り込んだ姿が見えた。

　三樹之助は、次に運ばれた水を、瀬古の背中目がけてぶちまけた。

「瀬古さまっ」

　お久の声が、背中に聞こえた。三樹之助は水をかけ続けた。今はそれを続けるのが役目だった。

「ああっ」

　黒い塊《かたまり》が、崩れかけた長屋の入口から出てきた。

　瀬古が老婆を背中に担っていた。ぐったりとしていて、生きているのか死んでいるのか分からない。

　近くにいた男衆が駆け寄って、背中の体を受け取った。

「生きているぞ」

　叫び声が聞こえると、歓声が上がった。

　集まった者は水を運び、かけ続けた。徐々に炎の勢いが弱まり始めた。雨が少しずつ、降りを強くし始めていた。

　出火した一棟はほぼ焼けたが、路地を隔てた風下の夢の湯には、類焼させないままに消すことができた。

火傷を含めた怪我人は多数出ている。しかし死亡者は一人も出なかった。瀬古が助け出した老婆も、火傷をしただけだった。

この頃になって、ようやく火消しがやって来た。

「住まいや商売道具をなくしちまったが、生きていりゃあ何とかなるだろうぜ」

疲れ果てた顔で鋳掛け屋が言った。

焼け跡からは、まだ煙が上がっている。焦げた材木のにおいは消えていなかった。

「それにしても、せーさんはすごかったね。あの人のお陰で、おシゲ婆さんは命拾いしたんだからね」

「ほんとだよ。でもさ、せーさんって、本当の名は、瀬古さまっていうんだね。初めて知ったよ」

近所の女房たちが、話している。呼びかける声を、聞いていたのだ。

「ぶじでよかったね」

びしょびしょになって釜場の前に立つ三樹之助に、おナツと冬太郎が声をかけてきた。

このとき火事場騒ぎの中から、一人の侍が立ち去って行った。老婆が助かり、火が燃え広がらなかったことに安堵した町の人々は、気にも留めなかった。頭に笠を被っていた。侍はどさくさに紛れて、かなり近くまで寄って来て、消火の一部始終を見詰めていたのである。

六

源兵衛は町役人《ちょうやくにん》たちと、出火の詳しいわけを調べに行った。火元は錺職《かざりしょく》の下請けをしている職人の家だった。鞴《ふいご》を扱っていて火が出たのである。奉行所へ届け出て、検視も受けなくてはならない。

三樹之助や瀬古、為造は体を拭いて、乾いた衣類に着替えた。お久もずぶ濡れだったが、てきぱきと新しい衣類を出してくれた。

五平の女房がやってきて、熱い甘酒を作ってくれた。それを飲んだら、ようやく一息ついた気がした。

「雨には助かりましたが、風は弱まる気配がありませんね」

風音に耳を立てていた五平が言った。風音が激しい分だけ、夢の湯の建物がひっそりとした感じになった。

三樹之助が転がり込んでから、こういうことは初めてである。

灯明は灯していないが、精霊棚に三樹之助は目をやった。一年前の盂蘭盆会では、まさか自分が湯屋で湯汲みや釜焚きをして暮らしているとは考えもしなかった。

脳裏《のうり》に達者だったころの美乃里の姿が浮かんだ。

昨夕魂迎えをして、明日には魂送りということになる。美乃里の霊は、いったいどこへ戻ったのか。にわかにそれが気になった。

実家の袴田家は日光に移った。

そこまで行ったのだろうか。行き先が分からず、迷っているのではないか。そんなことを考えていて、はっとなった。

もしかしたら、自分がいる夢の湯の精霊棚に帰ってきているのでは……。

そう考えるといてもたってもいられない気持ちになった。立ち上がって精霊棚の前へ行った。夢の湯の祖先たちは、美乃里を気持ちよく受け入れてくれるに違いない。

三樹之助はそうなることを念じて、瞑目《めいもく》合掌した。

「それがし、ちと出かけてまいる。夕刻までには戻るつもりでござる」

甘酒を飲み終えた瀬古が、立ち上がった。二日に一度の割で、一刻から一刻半出かけてゆく。このような風の日でも、同じらしかった。

もちろん、行き先は言わない。

「どうぞ、これをお使いくださいな」

お久が蓑笠《みのかさ》を差し出した。傘など役に立たないのは、誰にでも分かることだった。

「かたじけない」

珍しく瀬古が、口元に笑みを浮かべた。手早く蓑を着け笠を被った。これまで外出するときは、常に深編笠を被っていた。

「おや、またどなたかが見えたようですね」

五平が言った。男湯の戸が開いた物音が、聞こえたのである。五平とおナツが、板の間へ出て行った。

そしてすぐに、おナツが駆け戻ってきた。

「お侍だよ、二人連れ。このあいだ、せーさんのことをいろいろ聞いていた人だよ。今日はちょっと、様子がおかしいよ」

瀬古の顔付きが、変わったのが分かった。素足に下駄《げた》の鼻緒《はなお》を差し込んだところだった。

「よし、おれが出てみよう」

三樹之助は板の間へ急いだ。番台の脇で、五平と侍の一人が言い合いをしていた。

「よいからはよう、瀬古を呼んでまいれ」

「ですからおいでにならないんでございますよ」

五平は庇《かば》っていた。

「隠し立てをすると、ためにならぬぞ。あの者がここにおることは、確かめた上で来ているのだからな」

怒鳴り声ではない。むしろ抑えた声だが、執拗《しつよう》だった。苛立ちも籠っている。

激しい風雨の中を、ここまでやって来た。二人の侍の体は濡れそぼっていた。顎や着物の袂、袴から滴《しずく》がしたたり落ちている。

目だけがぎらぎらと光っていた。

「貴公らが尋ねているのは、瀬古何と申す者か。また用件は何か」

三樹之助は立ち塞がる形で言った。多少、距離をあけている。

「瀬古長四郎という者だ。われらは越後与板藩の家中の者だ。上意によって、瀬古を捜しておったのだ」

「上意だと」

「そうだ。わしらは殿からのご判物《はんもつ》を受けている」

「ほう。すると上意討ちをしようというのか」

「そうだ」

信じがたいが、相手の侍が出まかせを言っているとは思えなかった。

上意とは、主君の命令を表す。主君の命令で、瀬古を捜しているというのであった。

捜し出した後は、討ち取る役目である。

ご判物は、主君が花押《かおう》を記して討ち取りを命じた、公式の文書である。他国であっても、無視できない書状だ。

「瀬古殿が、何をしたのだ」

「うるさい。それを言ういわれはない。瀬古を呼んでまいれ。でなければ、わしらは押し込むぞ」

「そうだ。これ以上は、問答無用だ」

二人は土足のまま上がった。草鞋《わらじ》履きだった。辛抱《しんぼう》が切れたのだ。

「ま、待て」

三樹之助は声を出したが、強引に押しとめることはできなかった。上意討ちのご判物があるといった言葉が、頭にあったからだ。

一人は板の間の端にある段梯子を駆け上がった。もう一人は女湯を覗いた後で、そのまま奥へ走った。

流し板を抜けて、台所のある板の間との境の戸を乱暴に開けた。

「わあっ」

五平の女房が悲鳴を上げた。侍は土間にいたる室内を見回したが、瀬古の姿は見当たらなかった。だが外へ出る戸が開きっぱなしになっていることに気がついた。そこから横殴《なぐ》りの風雨が吹き込んでいる。

「おのれっ。逃げおったな」

そのまま戸口に走った。二階へ上がっていた侍も現れ、これに続いた。

三樹之助も、土間へ駆け下りた。詳細は分からないが、そのままにはしておけない気持ちだった。

「忘れものだよ」

おナツが叫んでいる。見るとお久が、三樹之助の刀を持ち出してきていた。常には不要だから、預かってもらっていたのである。

「そうだな」

使うかどうかは分からなかったが、丸腰というわけにもいかない気がした。受け取って腰に差した。

戸外へ飛び出した。

激しい風雨が、体に打ちつけてきた。瞬《また》く間に濡《ぬ》れ鼠《ねずみ》になった。

外は夕暮れのように薄暗くなっている。積んであった薪の一部が、地べたに転がっていた。

路地から表通りに向かって走った。落ち葉や木切れが、風雨とともに飛んでくる。向かい風を、かき分けて行くようだ。
四、五間先がよく見えない。目を凝《こ》らした。
後から出た侍の後ろ姿をどうにかとらえた。表通りに出て、左に曲がった。本郷方面である。

三樹之助も広い通りに出た。

横殴りの雨で、薄闇の中にある軒下にぶら下がった木看板が、激しく揺れていた。どこから飛ばされてきたのか、大きな笊《ざる》が目の前を転がってゆく。

通行人などどこにもいない。

本郷方面の坂を見上げると、先ほどの二人の侍が駆け上がって行くのが見えた。泥水を撥ね散らしている。その先に目をやると、蓑笠をつけた瀬古の走る後ろ姿がかろうじてうかがえた。その差は五間もなかった。

瀬古の過去など、何も知らない。だが上意討ちのご判物がある以上、討たせなくてはならないのか。

そのことに、納得のいかない三樹之助だった。

だからといって、討《う》っ手《て》の与板藩藩士を自分が斬り殺していいのか。これもそうだと頷くことはできなかった。

坂道を駆け上がってゆく。

今度は追い風になった。だが足下がぬるぬると滑った。水が川のように流れてきていた。

泥濘《ぬかるみ》である。

何度も水浸しの地べたに手をつきそうになった。鼻から息を吸おうとすると、水が入ってくる。口で息をするしかなかった。

「瀬古、逃げてくれっ」

いつの間にか、思いが言葉になった。履物など履いてはいられない。気がつくと素足になっていた。

徐々に、追っていく侍たちに近づいているのが分かった。だが激しい風雨と泥濘は、三樹之助と追っ手だけを襲っているわけではなかった。瀬古の行く手をも塞ごうとしていた。

風雨の向きが、ときをへるごとに変わってゆく。

追っ手と瀬古の距離が、一間ほどに縮まった。追っ手の二人が、ほぼ同時に刀を抜いている。

そのとき雷鳴が轟《とどろ》いた。

激しい衝撃音と明かりが、つかの間、周囲を照らした。ばりばりと樹木の裂ける音が聞こえた。地べたも揺れた。

それで瀬古が振り向いた。

二人の追っ手がついてきていることに、気づいたようだった。立ち止まって振り返ると、刀を抜いた。

被っていた笠を剝《は》ぎ取った。顔に気迫がある。二人を相手に、戦う決意と見えた。

瀬古は八双《はっそう》に構えて、体を右に寄せた。中央にいて、二人と同時にぶつかることを回避したのである。だがその体勢は、まともに吹き上がってくる風雨をも、敵にまわすことになっていた。

追っ手の一人が斬りかかった。上段からの攻めである。風に乗った勢いがあったかに見えたが、瀬古はこれを払った。もう一人とは反対の方向に身を寄せている。

状況を踏まえた行動が、できる男らしかった。

追っ手にしてみれば、二人同時に討ちかかりたいところだが、風雨と泥濘に邪魔されてそれができない。

再び追っ手の一人が斬りかかった。大きな振りではなかったが、至近距離から瀬古の右腕を狙っていた。もう一人の侍も、前に出てきている。

瀬古は腕に迫った一撃を払おうとして、体を捻った。

そのとき、足が滑った。踏ん張ろうとしたが、体の均衡《きんこう》を崩していた。

敵はこの一瞬を見逃さなかった。一閃《いっせん》が飛んだ。

三樹之助はこのとき、二間ほどの距離にまで迫っていた。

ごろごろと雷が鳴った。ぱっとあたりが明るくなった。まるで花火が開いたかのような明るさだった。

どんと地響きがあった。足を踏ん張らなければ、すっ飛ばされてしまいそうな威力があった。

それが続いてもう一つ。

これも遠い場所ではなかった。

斬りかかった追っ手の体は、たたらを踏んで前のめりに崩れていた。それははからずも、斬り込もうとした仲間の動きを邪魔していた。

瀬古は再び、闇の風雨の中に身を躍らせた。

寸刻の隙を、見出したのである。

風向きが変わっている。坂上からの風になっていた。

三樹之助は前に出た。滑りそうになる足を踏みしめている。二人の追っ手を追い越すあたりまで走り出た。

坂の上から滑り落ちてきた空の荷車に飛び掛かった。

渾身《こんしん》の力をこめて、この柄《え》を握っている。

荷車の向きを変えた。

そのまま力いっぱい突き出した。

そのとき追っ手の二人は、ようやく体勢を整えて前に出ようとしたところだった。

いきなり前に現れた荷車に、足を取られた。

二つの体が、もんどりを打って坂を転がった。手にしていたそれぞれの刀が、闇の中に撥ね飛んだ。

瀬古の姿が、その間に風雨の向こうに消えていた。

雷鳴がやや離れたところで轟いている。

三樹之助は、登ってきた坂道を駆け下りた。

何度も滑り落ちそうになって手をついたが、瀬古を逃がすことができたのは明らかだった。

七

「そうですか、瀬古さまは、追っ手から逃げることができたんですね」

泥だらけで戻ってきた三樹之助が着替えをすませ、事の顚末《てんまつ》を伝えると、お久が言った。目に安堵の気配があった。

追ってきた二人が与板藩の藩士であることは間違いなかった。

上意討ちだというのならば、瀬古は藩にそむく何かをしていることになる。だがお久は、瀬古を無法者だとは考えていない。それは五平やおナツも同じだった。

雷が落ちる音が、遠くで聞こえた。

「せーさんは、こんな嵐の中を、今も走っているんだね」

冬太郎が言った。三樹之助の膝に、体をすりつけている。

「もう戻ってこないのかな」

そう口にしたのは、おナツである。その場にいた者が、はっとして顔を見合わせた。誰も否定することができなかった。

時がたつにつれて、雨と風が少しずつ収まってきた。外も明るくなった。

「ちと出かけてきたい」

三樹之助は立ち上がった。

「どこへ」

お久が、不安そうな眼差しを向けてきた。源兵衛は火元の調べからまだ戻ってきていない。

「蔵前の米問屋越後屋だ。瀬古殿が、店の様子をうかがっていたという場所だ」

若おかみの瑞江を見詰めていたようだと、夢の湯の馴染み客は言っていた。三樹之助は一度様子を見に行っていたが、声をかけたりはしていなかった。瀬古には内緒で、勝手にしていたことだからである。

しかしこうなってしまっては、遠慮《えんりょ》をする必要はないと思われた。

夢の湯から姿を消してしまえば、あとはどうなろうとかまわない。そういうふうには、考えなかった。湯屋の仕事を、骨惜しみせずにやっただけではなかった。消火に力を尽くして、火の中から老婆を背負って出てきたのである。

「瑞江という若おかみに、会ってきたいと思う。場合によっては、そこに瀬古が現れるやもしれぬ」

「気をつけて、行ってきてください」

お久は蔵前の米問屋のことは、源兵衛から聞いていたはずである。

刀を腰に差し、傘を手にして夢の湯を出た。風雨はすでに弱まっていて、通りには人が歩き始めていた。

飛ばされた看板や木切れ、笊、折れた枝などが、水浸しの地べたに落ちていた。

蔵前通りにつく頃には、雨も風もやんだ。西日が通りを照らし始めている。米を積んだ荷車が、動き始めていた。

越後屋も、店を開けていて人の出入りがあった。

「若おかみにお目にかかりたい。それがしは、瀬古長四郎殿のことでお目にかかりたくまいった」

店の敷居《しきい》を跨《また》いでから、三樹之助は言った。

「へい。少々お待ちを」

対応に出た小僧が、奥へ引っ込んだ。そしてすぐに姿を現した。

「どうぞ、こちらへ」

通されたのは、顧客との商談に使うらしい、八畳の間だった。待つほどもなく現れたのは、若おかみと若旦那、瑞江と豊太郎だった。

三樹之助は、湯島切通町の湯屋夢の湯からやって来た者として名を告げた。そしてつい数刻前まで、瀬古が夢の湯にいたことを話した。

与板藩の藩士二名が現れ、上意だと告げて命を奪おうとしたこと。瀬古は逃げたが、それきり戻る気配のないこと。また夢の湯での暮らしぶりについても伝えた。饅頭の代を払いきれず、源兵衛につれられて現れたことから、火事に際して老婆を助け出したことまで、洗いざらいすべてをである。

正直にありのままを話さなくては、相手はこちらを信じない。そう考えたからだった。

夫婦は身じろぎもしないで、三樹之助の話を聞いた。

二日に一度の割で一刻半ほど湯屋を出、どこかへ出かけていた。この店を見詰めている姿を見た者がいたという話のところでは、瑞江は目に涙を湛えた。

「分かりました。よくぞお越しくださいました」

初めに口を切ったのは瑞江である。豊太郎は横で、しきりに頷いた。三樹之助の話を信じた顔付きだった。

「私は、瀬古長四郎の妹でございます。三年前に越後与板から、つてを得て江戸へ出てまいりました」

浅草茅町の越後屋に仲働きの女中として奉公し、半年前に豊太郎と祝言を挙げた。

これは、三樹之助が前に調べたことと同じだった。

「兄は、越後与板藩の藩士で、禄二十五石を頂戴する普請組でございました。父はすでに亡くなって、家督《かとく》を継いでおりました」

領内信濃川《しなのがわ》の治水工事に携《たずさ》わっていた。川の氾濫《はんらん》を防ぐための堤《つつみ》の工事である。十数年来に亘《わた》って行われているものだった。瀬古は算盤にも長《た》けていたので、見習いのときから工事に関わる勘定を受け持つ役を申し付けられていた。

「兄はそこで、千両にも及ぶ、藩金の使いように不正があることを見出したのでございます。行っていたのは普請組組頭の玉置利右衛門《たまおきりえもん》さま、その背後にはご藩主直郷《なおさと》さまのご舎弟郷臣《さとおみ》さまがおいでになるとのことでした」

郷臣と玉置は結託《けったく》して、この十年、治水に費やすべき藩からの金と、商家や富農から集めた冥加金《みようがきん》の一部を、私《わたくし》していたというのである。

「巧妙に隠されていたそうですが、兄はこれを明らかにした模様でございます。お殿様に訴えようとしたのですが、その前に郷臣さまのお屋敷へ呼ばれました。というよりも連れていかれました」

工事の不正がすでに藩庁でも明らかになっており、その責はすべて勘定を受け持っていた瀬古と組頭に次ぐ地位の勘定支配役に押し付けられたのであった。瀬古はその場で、腹を切ることを強要された。それよりも先に呼ばれた勘定支配役は、すでに腹を切らされた後だったそうな。

「瀬古殿は、応じなかったのだな」

「はい。取り囲まれたところを、刀を抜いて立ち向かいました。ご家来の一人を傷つけ、屋敷を飛び出して、領内から出奔いたしました」

「それで、上意討ちの命が下ったわけですね」

「郷臣さまと玉置さまは、すべてを勘定支配役と兄の責にすることで、事の決着を図ったのです。お腹を召された上役の家禄は三分の二の減俸で済みましたが、逃げた瀬古家は断絶。親類縁者にも累《るい》が及びました」

「上役は家名を残すために、腹を切ったのですな」

「そうだと思います。卑怯《ひきょう》なやり方です。もともと心の臓が悪かった母は、心労のために一月足らずで亡くなりました。私も与板に残ることはできず、江戸へ出てきたのです」

瀬古ができるだけ人と関わらず、生国を伝えなかった事情を、三樹之助はようやく得心した。

「他に、不正に気づいた方はいなかったのですかな」

「兄と国許で昵懇《じっこん》だった鎌田才次郎という方がいました。その方も普請組で、後になっていろいろうかがいました。実は郷臣さまや玉置さまを疑う動きがあったのです」

この十年ばかりの間には、川の氾濫もあって充分な米が穫《と》れない年もあった。藩内では禄米《ろくまい》借り上げなどという、実質的には返済されない米を、藩に貸し出す処置もあり多くの者が困窮《こんきゅう》した。しかしそうした中でも、郷臣や玉置は奢侈《しゃし》な暮らしを続けていた。

不審の目を向ける者は、少なからずあったのである。

「その者たちは、声を上げなかったのか」

「できませんでした。郷臣さまは、お殿さまのご実弟です。玉置さまは、家老にもなれる名門のお家柄なのです。有無を言わさぬ明確な証《あかし》がなければ、糾弾《きゅうだん》するなどとてもできることではなかったのです」

「なるほど。支配役殿には腹を切らせ、出奔した瀬古殿には上意討ちをかけていた。工事の勘定に詳しい者は藩内にはいなくなったわけだな」

今でも瀬古の命を狙うのは、完璧《かんぺき》な口封じという意味があるからに他ならない。

「お殿さまは、郷臣さまらに謀《たばか》られているのです。あの日、呼ばれて屋敷を出て行ったとき、兄は自分にやましいことはないと言って私を見ました。その眼差しを、私は信じています」

「それがしも、瀬古殿を信じることができるな。あの御仁が、不正などするわけがない」

夢の湯での暮らしぶりが、それを証明している。

「本当に、そう思われますか」

「もちろんだ」

三樹之助が言うと、瑞江は微かにほっとした顔をした。

「話を聞いたという、鎌田殿は江戸におられるのか」

いるならば、呼び出して藩内の詳しい事情を聞きたかった。

「いいえ、江戸へ出ておいでになったとは、聞いておりません。お出《い》でになれば、私のもとを訪ねてこられるはずです」

瑞江が越後屋へ奉公したことを知る者は、国許には何人もいないという。

瀬古は不正の濡《ぬ》れ衣《ぎぬ》を着せられ、上意討ちを受ける立場にされて、三年もの間を逃げ延びてきた。一皿の饅頭を買うのにも、事欠く暮らしを余儀なくされた。そしてこれからも名を秘し、人の陰に隠れて暮らさなくてはならない。

明日に見込みのない日々を、死ぬまで過ごすことになるのだ。

郷臣も玉置も、見たこともない人物だが、三樹之助は激しい怒りを感じた。火事場から、老婆を背負って出てきた瀬古の姿が脳裏に浮かんでいる。

大名家相手の出来事だが、そのままにはできない気持ちだった。

「上意討ちの討っ手になった者の名はお分かりか」

「分かります」

きっとした顔になって、瑞江が言った。

「玉置利之助《りのすけ》どのと美作次郎七《みまさかじろしち》という方です。玉置どのは、玉置利右衛門さまのご次男です」

「年齢は、二十代半ばと後半ですな」

「そうです。美作どのが年下です。どちらも藩内では名の知られた剣の手練《てだれ》です」

夢の湯を訪れ、風雨の中を追っていった侍に違いなかった。

「ここへは、現れましたか」

「来ていません。私がここにいるかどうか、知っているのかどうか、それさえ分かりません」

「瀬古殿とも、会ってはいないのですな」

「与板の屋敷から、兄は郷臣さまの屋敷に連れて行かれました。あのとき以来でございます」

「兄妹仲は、よかったのであろうな」

瀬古は夢の湯を抜け出しては、瑞江の顔を見に来ていたものと推量できる。

三樹之助は初めにそのことを伝えていたが、瑞江はそれを思い出したらしかった。目に涙の膜ができた。

「訪ねてくれればいいのに」

声を詰まらせた。

「私どもに、累が及ぶことを怖れているのでしょうか」

そう言ったのは、豊太郎だった。豊太郎は瑞江の夫として、女房を支えていこうとしているらしかった。

「変事があったらお伝えいたそう」

そう言い残して、三樹之助は越後屋を辞した。

第三章　大家の姫様

一

越後屋を出ると、黄ばみ始めた西日が水溜まりに跳ね返っていた。つい数刻前までの風雨が嘘のような空模様だった。

蔵前通りは、落ちていた木屑《きくず》や落ち葉もあらかた拾われて、泥道と水溜まりだけが名残をとどめていた。気をつけないと、行き過ぎる荷車に泥水を引っかけられる。

三樹之助は周囲を丁寧に見回した。どこかに瀬古が潜んではいないかと考えたからだが、それらしい姿は見当たらなかった。

切通町の夢の湯へ戻ってきた。

すでに風は止んでいたが、そろそろ夕刻である。今から湯を沸かすことはなかった。

沸いた頃には日が落ちてしまう。

夢の湯には、やはり瀬古は戻っていなかった。代わりに源兵衛がいた。長屋の火事の始末が済んで、少し前に戻ってきたという。出かけていた間の瀬古に関わる出来事については、お久や五平から聞いていた。

越後屋へ行き瑞江から聞いてきた話を、三樹之助は伝えた。

源兵衛に話したつもりだが、五平やお久、おナツや冬太郎までがやって来て耳をそばだてていた。

「するてえと、殿様からの上意討ちの命が下っていたのは、確かなんですね」

「そういうことだな」

「だとしたら、こちとらは何もできやせんね。せいぜい、知らんぷりをしてやるぐらいですぜ」

源兵衛ははっきりと言った。

「せーさんは、いつかは斬られてしまうの」

冬太郎が、べそをかいている。

「何とか、逃げおおせてもらいてえがな」

源兵衛の言うことは、間違ってはいなかった。町の岡っ引きや湯屋の湯汲みが、何とかできる相手ではなかった。三樹之助が実家の大曽根家へ戻ったところで、どうすることもできない。

けれどもだからといって、事の成り行きを、指をくわえて見ていなければならないのか……。

蔵前からの帰り道、胸を覆っていた怒りはそれだった。

己がした悪事を、人になすりつけ、のうのうと過ごしている輩《やから》がいる。三樹之助の胸に浮かんでくるのは、寂しげな笑みを湛えた美乃里の顔だ。

美乃里は大身旗本の跡取り小笠原正親におもちゃにされて、自裁した。祝言の日取りまで決まった身の上でである。実家の袴田家は口をつぐみ、加増を得て日光へ赴任《ふにん》していった。

三樹之助が大曽根家を飛び出したのは、これを受け入れることができなかったからである。小笠原が裏で手を回した縁談など、とんでもない話だ。

志保がどういう女かは、別の問題である。

中身は違っても、今、目の前で横車が押されていた。押され流されているのは、燃え盛る炎の中で、ともに水をかけあった男である。

どれほどのことができるかは、分からない。

力のある者が、ない者を押し流してゆく。これを座して見過ごすことはできないと、三樹之助は考えた。

「ふざけるな」

それでは美乃里の無念も、晴らすことなく終わってしまう。

瀬古の力になりたかった。けれども夢の湯へ戻ってくることは、考えにくかった。いったいどこへ去って行ったのか。

「せーさんはさ、ここへ来る前に、深川っていうところにいたんだよ」

冬太郎が、ぼそりと言った。

「どういうことだ」

三樹之助は穏やかに問いかけた。そういえば冬太郎は、夢の湯の中ではもっとも瀬古と話をしていた相手だった。

「おなき川っていう川のそばでさ。蒟蒻《こんにゃく》の煮付がおいしい煮売り酒屋があったんだってさ。そこのは、おっかさんがつくる煮付と、同じくらいおいしかったんだって」

小名木川《おなぎがわ》のことだろう。瀬古はこちらへ来る前に、小名木川河岸に近いどこかの町に住んでいたのか。

「その煮売り酒屋の名を言っていなかったか」

「うーんと。それは聞かなかった。でもそのお店の前には、大きなタヌキの置物があったんだって。その顔は、五平さんに似ていたって」

「そうか。店先には、五平殿の顔に似たタヌキの置物があったのだな」

大きな手掛かりだった。瀬古がどれほどそこで過ごしていたのかは分からないが、知り人がいたはずである。そこから今いる場所を、探れるかもしれなかった。

「良いことを教えてくれたな、冬太郎。おれはこれから、深川まで行ってこよう」

源兵衛もお久も、不満な顔は見せなかった。

「これを持っていってくだせえな」

源兵衛は懐から財布を取り出すと、五匁銀《ごもんめぎん》を二枚持たせてよこした。

「ありがたい」

金を受け取り、刀を腰に差した三樹之助は再び夢の湯を出た。

すでに西日の色は、黄から朱色に変わろうとしていた。心急《こころせ》くものがあった。討っ手の玉置や美作も、瀬古の行方を捜しているはずである。

歩いてなど、いられなかった。

神田川に架かる昌平橋の袂まで来て、下の船着場へ下りた。そこで猪牙舟《ちょきぶね》を拾って乗り込んだ。源兵衛からの銭はありがたかった。三樹之助は素寒貧《すかんぴん》だった。

猪牙舟は、西日を背にして滑り出した。神田川を東に向かった。大川に出ると、川下へと急いだ。広い水面が、朱色に染まって揺れている。

新大橋《しんおおはし》を潜って、大川の東河岸にある最初の川に三樹之助を乗せた舟は入った。小名木川である。

河口付近に架かる万年橋《まんねんばし》下にある船着場で、舟は止まった。

小名木川の北河岸は、しばらく大名屋敷が続く。そこで南河岸から聞いて回ることにした。まずは細長く延びる海辺大工町《うみべだいくちょう》である。

「タヌキの置物が店先にある煮売り酒屋だって、そんな店がこのあたりにあったかね」

船着場から河岸の道に上がったところで、蕎麦の屋台店を出している親仁がいた。そこから返ってきた言葉がこれだった。

「蒟蒻の煮付が、うまいそうだ」

今度は、木戸番小屋の爺さんに尋ねた。長くこの町に住んでいるそうな。だがこの爺さんも、首を横に振った。

町の木戸番が知らないとなると、そのような煮売り酒屋はないことになる。あるいは裏道の、よほど寂《さび》れた場所だろうか。

海辺大工町の裏道に入って、長屋住まいの者数名に声をかけた。もちろんそのたびに、鐚銭二枚を渡している。

だが知っていると答えた者はいなかった。そこで三樹之助は、万年橋を北へ渡った。河岸には摂津《せっつ》尼崎藩《あまがさきはん》下屋敷の海鼠壁《なまこかべ》が続いているが、新大橋の袂近くまで行くと、深川元町《もとまち》という町家がある。

実家の大曽根家に近いのが気になったが、そんなことを考えている暇はなかった。あたりはすっかり薄暗くなっていた。真っ赤に染まった夕焼け雲が、西空に細くたなびいているばかりである。

表通りには、すでに戸を閉めてしまった店も見かけられた。だが提灯《ちょうちん》に明かりを灯して、これから商いを始める居酒屋や小料理屋もあった。煮売り酒屋も、一軒だけ商いをしていた。

三樹之助は、まずそこへ近寄った。

「おおっ」

覚えず声が出た。店の出入り口の脇に、タヌキの置物があるのを目にしたからである。

顔が五平に似ているかどうかは定かでなかったが、三樹之助は飛び込んだ。

土間には縁台が置かれ、煮しめを肴《さかな》にしながら、六、七人ほどの男が酒を飲んでいる。お店者ふうもいれば、職人らしい男もいた。賑やかに喋っていた。

店の隅の棚には、大皿に盛った蒟蒻や竹輪《ちくわ》、芋の煮しめなどが並んでいる。濃い醤油と出し汁のにおいがした。

「瀬古さまならば、たまに見えてましたよ。もっとも、ここんところは来ていませんね。どうしたんでしょうか」

二十代後半の、牛蒡《ごぼう》のように浅黒い肌をした女中が答えた。年は二十六の浪人者で、裾が擦り切れかかった着物を着ていると言ったら、頷いた。

先月の末あたりから、顔を見ていないという。

「住まいを知っているか」

「南六間堀町民助店《みなみろつけんぼりちようたみすけだな》ですよ。あそこの長屋の住人は、みんなしみったれていますからね。よく知っています」

道を聞いて、民助店へ行った。長屋の入口となる木戸からして、斜めになって閉められない状態だった。古材木だけを集めて建てた長屋である。そのまま夢の湯の釜場へ持っていける代物だ。

すでに日は落ちてすっかり暗くなっていたが、明かりが灯っている住まいはいくつもなかった。

「ああ、瀬古さんですね。おいでになりましたよ。あの部屋でした」

声をかけた中年の女房が、指差しをした。その住まいは、火も灯っていず闇に沈んでいた。瀬古がこの長屋にいたのは、六月が終わる二、三日前までだったという。

「なぜ出て行ったのだ」

「それがさ、お侍が押し込んできたんですよ。今にも刀を抜く勢いでさ」

「二人組だな」

「ええ、そうでした。瀬古さんは湯から戻ってきたところだったけど、何も持たないで逃げ出して行った。それっきりですよ」

数日前から、得体の知れない侍の気配はあった。だがこういうことになろうとは、想像だにしなかったとか。

「瀬古殿は、何をして暮らしていたのだ」

「船の荷下ろしをしていたんですよ。まあ、どうにか食べるだけのお足は手に入れていたようですね」

ここには、一年ほどいたという。愛想は悪いが、人に迷惑をかけることは、ただの一度もなかった。長屋共同の掃除も丁寧にやっていたという。

「あの人変わっていてさ、大人のあたしたちより、子どもの方がいろいろと話をしていましたね」

「では、親しく付き合った者は、いなかったのかね」

「いやそんなことはなかったと思いますよ。何しろ一年近くはいたんですから」

荷運び仲間の人足とは、付き合っていたらしい。一緒に酒を飲んでいる姿を見かけたことがあるとか。

「それからね、女の人と一緒にいるのを見かけたこともありますよ」

「ほう。二人だけでか」

「ええ、あたしも驚きましたけど」

「相手は、どこの誰か分かるかね」

「分かりますよ。あたし、からかったんですから。海辺大工町の一膳飯屋おかめで女中をしているお久米《くめ》さんという人ですよ。あの人、子持ちの後家さんでね。悪い人じゃないと思いましたよ。でも二人組の侍に襲われて逃げたときから、それっきりじゃないですかね。慌てて一人で逃げたんですから」

中年の女房はそう言うと、飯が炊き上がったらしい竈《かまど》の釜に目をやった。

二

三樹之助は、再び小名木川の南にある海辺大工町へ移った。一膳飯屋おかめは川の河岸にあって、先ほど通り過ぎた店の一つだった。

荷船の荷運び人足や行商人、棒手振、日雇い職人といったその日暮らしの男たちが利用する飯屋である。飯の盛りがよそよりもいいので、客が集まっているという。

瀬古はたびたびこの店に通っていたらしい。

間口は四間の店だが、奥行きがあった。そろそろ客が混み始めてくる頃と思われた。茶を注いだり飯を運んだりする女中は、三人いた。だがお久米がどの女かはすぐに分かった。

他の女は、四十代と五十代の年恰好である。三十前後は、一人だけだった。

「お久米さんだな」

いきなり声をかけると、女は驚いた顔をした。浅黒い顔付きで、化粧っ気はまるでない。落ちくぼんだ目に、疲れがあった。しかし愛想の悪い女ではなかった。

「瀬古殿について、話が聞きたくて参った。だが話を聞く暇はなさそうだな」

三樹之助の言葉を聞いて、困惑の色を浮かべた。

「あの人に、何かあったんですか」

早口になって、お久米は言った。ちらと膳を運んでいる四十絡みの女に目をやった。あれがここのおかみらしい。

「二人組の侍に襲われた。幸い命は助かったが、行方が分からぬ。そこでそなたの話を聞こうとここへやって来たのだ」

「そうですか。ここにもその人たちはやってきましたよ」

そう話している間にも、新しい客がやって来た。茶をくれと叫んでいる職人ふうもいる。お久米は「はい」と返事した。

「おれにも、飯を貰おう。少し客が減ったら、話を聞かせてくれ」

鯖の味噌煮と茄子と瓜の香の物、豆腐の味噌汁にどんぶり飯。話に聞いたとおり、飯の盛りはよかった。

食い終えても、客の出入りは減っていなかった。しかしこれ以上待つことは、できないと考えた。

「頼む。お久米を、少しばかり貸してくれ」

おかみに言うと、露骨に嫌な顔をされた。三樹之助は懐から、源兵衛から貰った五匁銀を取り出して、無理やり握らせた。

　お久米を河岸道へ連れ出した。

「瀬古さまには、妹さんがいたはずです。でもそこへは行けないと言っていました。自分は追われている身の上だからって」

「なるほど。あんたには、そこまで話したわけだな」

　三樹之助は湯島の湯屋で、瀬古と一緒に働いていたことを話した。与板藩についてはは触れなかったが、かねがね人目を気にしていたとは伝えた。

「あの人に、行くあてなんて、なかったと思います。ここを出てどこへ行ったかと案じていましたが、湯島へ行っていたわけですね。でも夢の湯でお世話になるまでは、野宿をしていたのだと思います。湯屋帰りに襲われて、そのまま逃げたのですから、お金なんて持っていなかったはずです」

「うむ。確かに、体からはたまらぬ臭いがしたな」

「追っ手もしぶとい人たちです。ここを捜し当ててから、またそう間をおかずに、湯島にいることを捜し出したわけですから」

　奴らは主命でやっている。だがどうやって湯島へ辿《たど》り着いたのか。そこはこれまでも考えたが、思いつくことは一つだけだった。

瀬古は一日置きに外出していたが、行き先として考えられるのは、蔵前通りの越後屋か、この一膳飯屋おかめである。どちらかで討っ手の玉置らは見張っていて、瀬古をつけたということだ。

外出ではいつも深編笠を被っていたから、顔は確認できなかった。それで五平や近所の家に聞くなどして、手間をかけて確かめたのである。

「瀬古殿は、あれからここへ訪ねてきたかね」

「いえ、一度も。もともとあたしたちは、どうすることもできない間柄だったんですよ。お互い心引かれるものはあっても、あたしには五つと三つの子どもがいてね。あの人には、命を狙ってくる恐ろしいお侍がいた。一緒には逃げられないんだからさ」

どこかに自棄《やけ》になっている気配があった。瀬古は声をかけることなく姿を消したのである。

「それにしても、あの男のどこに引かれたのだ」

問いかけると、お久米はちらとはにかんだ笑みを漏らした。

「あたしには小さい子どもが二人あって、食べさせなくちゃならないからさ。何があったって長屋へ置いて、一膳飯屋へいかなくちゃならない。でもさ、ちっちゃい子っていうのは、何があるか分からないからね」

「それはそうだ」

「上の子が熱を出したんですよ。高い熱でさ。なかなか下がらない。それでも休めない。あのおかみさん、ほんとうに因業《いんごう》な人でさ。今だってお武家さんが銭を出したからこうして話してられるけど、そうじゃなければどうすることもできない」

「なるほど」

「そのとき、ちょっとあの人に話したら、おれが医者へ連れて行ってやろうって言ってくれたんですよ。子どもを背負ってさ、走って行ってくれた」

「下の子は、どうしたんだ。三つで、一人長屋で待っていたのか」

「待ってなんかいるもんか。泣きながら追いかけたそうです。待っていろと言ったって、聞きやしない。左手で背中の子を押さえて、右手で下の子を抱いたんです。そこまでしてくれる人なんて、どこにもいやしないよ」

前と後ろに、子どもを抱えて走っている瀬古の姿が、目に浮かんだ。

「お陰で上の子は、命をなくさないで済んだんです。あたしにとってあの人が、普通のお客じゃない人になったのは、あのときからですね」

「瀬古殿が、ほかに親しかった者はいないのか」

お久米は考えるふうをした。

「そうですね。荷運び仲間で、午吉《うまきち》という人がいました。この先の、長六店《ちようろくだな》という長屋です」

ここまで話したところで、おかみが顔を出した。甲高い声で、お久米の名を呼んでいる。まだ客の出入りは、少なくなっていなかった。

五匁銀の効能《ききめ》が、切れた模様である。

「何か分かったら、教えてくれますか」

「分かった。手間をとらせたな」

話したりない様子で、お久米は去って行った。

三樹之助は河岸の道をしばらく歩いてから、路地に入った。行ったのは、長六店である。瀬古が住んでいたのよりは、いく分ましな長屋だった。

午吉なる荷運び人足は、一人で飯を食っていた。名の通りの面長で、体の大きな男だった。

湯島の湯屋で一緒に仕事をしている者だが、急に姿が見えなくなって捜していると伝えた。

「瀬古さんならば、ほんの一刻前にここへ来ましたぜ」

「な、なんだって」

思いがけない話を聞いた。お久米の所には寄らなかったが、ここにはやって来たというのである。

「昼前に、とんでもねえ嵐がありやしたからね。あっしは仕事には行かねえで、家でごろごろしていたんでさあ。そしたらひょっこり顔を出してきやして」

衣服はずぶ濡れだったという。

「なんと言って現れたのだ」

「銭を貸してほしい、てえことでした」

「江戸を離れるとでも言ったのかね」

「いや。聞いたんですが、何も答えやせんでした。急いでいる様子でしたね」

「貸したのか」

「へい。まああっしも、そう持ち合わせはありやせんからね。たいした額は出せませんでしたけど」

「そうか。他には、何か言っていなかったのかね」

「銭は借りても、返せねえかもしれねえって。そう言っていやした。いかにもあの人らしい。あっしはそういう律儀《りちぎ》なところが気に入っていたんですけどね」

瀬古ならば、言いそうだと思われた。金を借りにここへ現れたのならば、夢の湯へ戻る気持ちはまったくないに違いなかった。

「あっしら荷運びをしていやすとね、瀬古さんみたいな人と組むのが一番いいんですよ。あの人は手を抜かねえから、こっちが割を食うことがねえんでさ。そのくせ余計なことはしゃべらねえ」

瀬古がいたのは、ほんの僅かな間だった模様である。銭を渡すと、逃げるように去って行ったとか。

お久米を訪ねなかったのは、与板藩の見張りがあることを危惧《きぐ》したからだろうか。三樹之助は、お久米を河岸道に連れ出して話したことについて、後悔をしていた。もし玉置かその配下が見張っていたならば、こちらの動きを悟られたことになる。また瀬古が江戸を出てしまってもう戻らないのだったら、自分がしていることは、何の意味もないのではないか。そんなふうにも考えた。

これで瀬古に繋がる糸口は、すべて断たれてしまった。小名木川の川面に、ほぼまん丸の月が映って揺れている。

「ちくしょう」

だがそれで引っ込んでしまうつもりはなかった。討っ手の玉置や美作らは、どういう動きをしているのか。三樹之助は、そのことが気になっている。

三

小名木川の河口付近、万年橋下の船着場から猪牙舟に乗った三樹之助は、夜の大川を渡って神田川に入り、浅草橋下の船着場で降りた。河岸の道に出ると、近くの料理屋から三味線の音と女の笑い声が聞こえてきた。

蔵前通りには人の通りもあって、屋台店なども出ていた。

三樹之助は、神田川の北河岸の道を西に歩いてゆく。さして歩かないうちに、幕府の御籾倉の裏手に出た。その北側が越後与板藩井伊家の上屋敷である。向かい側にあるのが、肥前《ひぜん》平戸《ひらど》藩《はん》松浦《まつら》家《け》の上屋敷だ。

二つの長屋門《ながやもん》を、満月に近い月が照らしていた。

三樹之助は、御籾倉に近い裏木戸のところまで来て立ち止まった。このあたりに来ると、人気はまったくなくなる。はるか先に辻番所の淡い明かりが見えるばかりだった。

戸口の見えるところで、塀に寄りかかった。

腹は減っていない。しばらく与板藩の様子を探ろうと考えていた。

殿様は、瀬古への上意討ちの命を下している。しかし藩主の弟郷臣や組頭玉置の行状を快く思っていない一派が、ありそうな気配だった。事情によっては、瀬古の汚名をそそぐことができはしないか、そんなことを考えてここまでやってきたのである。けれども相手は大名屋敷である。門を叩いて、現れてきた門番に話を聞くというわけにはいかない。

「誰でもいいから、出てこい」

そう呟きながら、三樹之助は待った。しかしときは、刻々と過ぎてゆく。四半刻(三十分)以上待ったとき、木戸門が内側から開いた。出てきたのは、中間の身なりをした三十半ばの男である。

提灯を灯して、神田川の方向に向かって歩き始めた。三樹之助はつけてゆく。川にぶつかると、左に曲がった。そのまま浅草橋の際まで歩いて、蔵前通りに出た。

中間者が入ったのは、煮売り酒屋だった。

「いらっしゃい」

女中の声が響いた。中間は慣れた様子で奥まで行って、女中と何か話している。小鉢に煮しめをよそってもらい、五合の酒徳利を受け取ると、土間にある縁台の空《あ》いているところに腰を下ろした。

一人で飲み始めた。

三樹之助も店に入った。炙《あぶ》ったスルメと同じく五合の徳利をもらうと、中間の横に腰を下ろした。茶碗に手酌《てじゃく》で注いで、ごくりと一口飲んだところで、中間に声をかけた。

「おぬしは、与板藩の者ではないか」

「いかにもそうですが」

相手は不審そうな目を向けてきた。

「あ、いや。怪しい者ではない。それがしは、玉置利之助殿といささか知り合いの者でな」

そう言って三樹之助は、中間の空《から》になっていた茶碗に、こちらの酒をなみなみと注いでやった。相手の顔付きが、かなり変わった。

「ささ、ぐっといかれよ。酒はまだあるぞ」

満面に笑みを浮かべてみせる。次男坊育ちの三樹之助には、この程度はお得意のことだ。

「おっ、これはこれは」

中間は喉を鳴らして、茶碗の酒を飲み干した。

「気持ちのいい、飲みっぷりではないか。ささ、どんどんいくがいい」

また注いでやる。そして話しかけた。

「玉置殿も、なかなかたいへんでござるな。思い通りにゆかなくて」

「そこよ。あのお方も、焦っておいでじゃないかねえ」

ぷふっと息を吐き出してから、中間は答えた。煮付けのがんもどきを口に運んだ。

「お役目が、うまくいっていないのだな」

「お偉方がやっていることは、よく分からねえがね」

「まあ、遠慮なく飲むがいい」

三樹之助はまた酒を注いでやる。折敷《おしき》に徳利を置くと、ちゃぽんと音がした。

「ずいぶん、急いでいなさるね。ここんところ、あたふたしているみたいだぜ」

「いったい何が、あったのか」

自分の茶碗の酒を少し啜《すす》って、スルメを咥《くわ》えた。

「まあ、先を越されちゃ、かなわねえってえことなんだろうね」

「他にも、同じことをしようとしている者がいるのか」

「上の方では、いろいろあるのかも知れねえよ。それにしても、何でそんなことを尋ねてくるんだね」

中間はここで、不審に思ったらしかった。

三樹之助は、豪快に笑い飛ばした。

「言ったではないか。わしは玉置殿と昵懇だ。近頃ふさいでおることが多いからな、気になっていたのだよ」

信じようと信じまいとかまわない。

玉置や美作の他にも、瀬古を捜している者がいる気配だ。口ぶりでは、仲間ではなく競い合う相手のように聞こえた。

「詳しいことなんざ、知らねえよ。お家の事情なんざ、渡り者のおいらには、どうでもいいことだ」

茶碗の酒を飲み干すと、今度は自分の酒を注ぎ足した。余計なことを喋ってしまったという気配があった。

「玉置殿が、困ったことにならねばよいがな」

何を言っても、もう話には乗ってこなかった。

与板藩で、何かが起こっている。三樹之助はそう感じた。

だとしたら、こんな下っ端が、肝心なことを知っているとは考えられなかった。それなりに事情が分かる者から、話を聞かなくては意味がない。

しかしそのような者に、知り合いなどあるわけがなかった。

どうすればよいのか、頭を巡らせた。実家になど頼りたくないし、与板藩に知り合いがあるとも思えなかった。古巣の直心影流団野道場にも、藩士で稽古に来ている者はいなかった。

「誰かおらぬか」

そういう呟きが口から漏れたとき、一人の女の顔が頭に浮かんだ。

「あの者ならば、詳細とまではいかなくても、大まかな藩の事情を知ることができるのではないか」

そう考えたのである。

女とは、他ならぬ志保だ。

志保は家禄二千石でありながら、三千石高の御小普請支配を務める酒井織部の娘である。直参の中でも名門中の名門といえた。憎い小笠原家だけでなく、幕府の要職に就いていたり大名家の縁に繋がったりする家は多数あるはずだった。

与板藩井伊家の内情に詳しい者がいても、おかしくはない。

「だがな……」

三樹之助の中に、ためらいがある。

志保に頭を下げなくてはならない。高慢な、人を見下す眼差しが目に浮かんでいる。話を聞けば、お半だって黙ってはいないだろう。

そしてもう一つ、気持ちの中でためらわせるものがあった。

瀬古長四郎は、上意討ちの命を受けた玉置利之助ら与板藩士に命を狙われている。妹瑞江の話では、冤罪《えんざい》の可能性は極めて濃厚だった。三樹之助もそう思っているが、それは目の当たりにしたり、人から聞いたりした瀬古の人となりを、頭に浮かべているからであった。

冤罪だと、確かな証拠を得た上ではなかった。

それで志保が動くか、ということだった。

「だがな……」

もう一度同じ言葉を、三樹之助は呟いた。

このまま自分の中で、瀬古の一件を終わりにできるのか。そういう問題である。残っていた茶碗の酒を、一気に飲み干した。胸の中が、じんと熱くなった。

「できない」

これが三樹之助の出した結論だった。

ともかくこれから、麴町の酒井屋敷へ行ってみようと考えた。正面から名乗って行ける立場ではなかった。お半を通して内密に目通りをするしか方法はない。また志保にしても、こちらの頼みを受け入れてくれるかどうか分からない。

できないと言われたら、それまでだ。

まだ半分以上が残っている酒徳利を残して、三樹之助は煮売り酒屋を後にした。浅草橋下の船着場から舟に乗り、神田川を西へ行って、牛込揚場町《うしごめあげばちょう》で降りた。蔵前通りは商いをする居着きの店や露店があったので、明かりも人の通りもあった。しかし牛込御門を潜った武家地の中は、人気も町明かりも皆無だった。

満月を目前にした月が、白壁や海鼠塀の続く道を照らしている。聞こえてくるのは、どこからとも分からない虫の音《ね》だけだ。

酒井屋敷へやって来るのは、三度目だ。屋敷の中へ入ったのは、茶会に呼ばれた最初のときだけだった。

間口四十間、門番所付長屋門である。江戸の外れ、本所にある実家大曽根屋敷の倍以上の規模だ。裏門に回った。

もちろん門脇の潜り戸まで、堅く閉じられていた。明かりも人の気配も、外からは感じられない。三樹之助はどんどんと拳《こぶし》で、扉を叩いた。

二度や三度では、何の反応もなかった。五、六度目にようやく足音が聞こえた。

「いったい、なんの用だ」

いかにも迷惑だといった口ぶりで、初老の中間が顔を出した。

「奥向きの、お半殿にお目にかかりたい。甥の三樹之助が参ったと伝えていただきたい」

「そうか。お半殿のお身内か」

中間は、しぶしぶ頷いた。いきなり志保に会いたいと言ったら、追い返されるかひっ捕らえられるかしただろう。

四半刻近く待たされた。

提灯が近づいてきた。

「どうぞこちらへ」

中間は前よりも丁寧な言い方をした。連れられて屋敷内の細道を歩いた。奉公人のための出入り口で、上がるように言われた。見ると上がり框《がまち》のところに、お半が立っていた。

「このような夜更けに、何という無作法な」

声を落としているが、高飛車な物言いだった。冷たい眼差しである。だが帰れとは言わなかった。

廊下を先に進んでゆく。小部屋の前で立ち止まると、障子《しょうじ》を引いた。中に入って、向かい合って座った。

「火急《かきゅう》に志保殿にお願いしたいことがあって、参りました。ご無礼の段は、お許しいただきたい」

「して、用件とは」

三樹之助が口を開こうとしたところで、閉じられていた隣室との境の襖が向こうから開かれた。現れたのは志保だった。

「じかに伺います。このような刻限に、わざわざお越しになった。よほどのご用事なのでしょう」

ともかく用件を聞こうという態度だった。お半と場所を替わった。

三樹之助は、ここへ来るに至った事情を、最初から包み隠さず話した。瀬古が上意討ちをかけられていることも、瑞江の冤罪話がまだ定かではないことも付け加えた。

「瀬古長四郎どのとは、あの湯汲みをなさっていた方ですね」

「そうです」

「あなたは、瀬古どのが冤罪だと、信じているのですか」

「はい。あの者が、氾濫する川の補修工事の金子《きんす》を、着服するとは思えませぬ」

湯屋での暮らしぶりと、今日の朝方過ぎにあった長屋の火事での行い。海辺大工町で聞いたお久米や荷運び人足午吉からの話。これもすべて伝えた。

志保は、瞬きもしないで聞いた。

「与板藩の今の様子とその上意討ちの命が、どのようになされたか知りたいわけですね」

念を押されて、三樹之助は頷いた。

「分かりました。どこまでできるか分かりませぬが、やってみましょう」

凛《りん》とした声だった。

「まったく、あなたという方は、無礼な御仁じゃ。いきなりやって来て」

包帯をした人差し指を示しながら難詰《なんきつ》するお半を遮るように、

「かたじけない」

三樹之助は頭を志保に下げた。

四

「ぼんぼんぼんの十ゥ六日に、おーえんまァさまへまいろとしたら、数珠《じゅず》の緒《お》がきれて、はァなおがきれて、なむしゃか如来手《にょらい》でおがむ」
四、五人の幼い女の子たちが、歌いながら手を振って踊りをおどっている。その中にはおナツも冬太郎も交じっていた。
そろそろ昼時になろうかという刻限である。湯島切通町の坂道でのことだ。

木拾いから戻った三樹之助は、荷車を引きながら、子どもたちの遊ぶ様子を見た。

今日は七月十五日で、盂蘭盆会の送り火の日である。子どもたちが歌う閻魔賽日《えんまさいにち》は明日の十六日だが、遊びの種は、何でもいいらしかった。

正月十六日と七月十六日は、地獄の釜も蓋が開いて鬼も亡者も休むとされている日だ。年に二度の藪入りも、この日に行われた。

子どもたちはうち揃って閻魔堂へお参りに行くのが習いだが、その前の日から、歌や踊りを始めてしまっていた。

古材木を荷車から降ろして、三樹之助は釜場の脇に積んでいた。そこへ人がやって来た。女が二人である。

「このようなところで、湯を沸かしておるわけか」

お半が周囲を見回しながら言った。見慣れぬものを見るといった眼差しだった。裏手に回ってくれと、五平が話したそうな。

志保は強い眼差しで、こちらを見詰めていた。何かを摑んだらしかった。早くても夕刻以降になるかと感じていたから、姿を見て息を呑んだ。

「上がっていただきましょう」

釜場は米吉に任せて、台所のある板の間へ行った。立ち話というわけにはいかない。台所では、お久とお楽が昼飯の用意をしていた。

「私の叔父酒井広忠《ひろただ》は、大目付《おおめつけ》を務めています。たった今、駿河台《するがだい》のお屋敷に行ってきました」

挨拶は抜きで、志保は口を開いた。

大目付は宗門改《しゅうもんあらた》めや道中奉行、営中典儀《えいちゅうてんぎ》の一切などを掌《つかさど》るが、大名や高家《こうけ》の監察も重要な役目だった。旗本を監察糾弾する目付よりも、はるかに権威のある役だ。古くは万石級の者が行った。

各大名家の事情にもっとも詳しい人物だといえる。

「志保さまがご幼少のみぎりより、お慈しみ下された方です」

お半が横から口出しをした。

「ご登城の前にお目にかかることができました。いろいろ話を聞きました。与板藩のご当主は井伊兵部少輔《ひょうぶしょうゆう》直郷さまという方で、三十五万石の彦根藩《ひこねはん》井伊家のご分家です。お歳は三十六歳です」

叔父の広忠は、市販されている武鑑とは別の、各大名家の詳細を記した記録を持っていた。それを見ながら話してくれたのだという。

「分家とはいえ、井伊家に連なるお家ですから、よくご存じでした。これは公にはされていませぬが、直郷さまは病に臥《ふ》せっておいでになるそうです」

「それは重いのですか」

「どうもそのようです。お国許ではなく、江戸においでになるとか」

大目付という立場では、正式には聞いていない。だが内々に江戸家老から知らされたとか。

「江戸家老が、密かに話をしてきたのには、意味があります。跡継ぎの問題があるからです」

「まだ届けが出されていないのですね」

当主が三十六歳ならば、年齢の上では問題にならない。だが瀕死《ひんし》の重病であるとしたら、事情が変わってくる。

正式の世継ぎの届出がない場合、たとえ実子がいても、無嗣《むし》としてお家は廃絶となってしまうからだ。

「直郷様には、実子がおいでにならなかったのですか」

「いえ、おいでになります。元五郎《げんごろう》さまという十四歳になる方です。ですが正式な世継ぎとしては、届け出ていませんでした」

「なるほど。十七を過ぎてから届けようとしていたのですな」

「そうだと思われます」

継嗣《けいし》問題は、大名家の存続を左右する重大問題である。だからあらかじめ世継ぎを定めて届出をする。しかし実子がなかったり、幼かったり、病弱であったりする場合、届出を保留しておくことができた。

火急の際は急養子といって、臨終間際の藩主の病床から養子の相続を願うことができた。

藩主の病状を見ながら、臨終の間際まで、慎重に選べたのだ。

基本的には、たとえ赤子でも、血縁的な正当性があれば、家督を相続することができた。けれどもその場合、問題が起こる。もしその幼い新藩主が、『十七歳より内にて死去のとき』には『御大法の通り跡目仰せつけられず』（柳営秘鑑《りゅうえいひかん》）となるからである。急養子の制度は適用されない。

お家は断絶となるのだった。

藩主直郷の実子はまだ十四歳である。

病弱であるかどうかは分からないが、慎重を期する藩にしてみれば、まだ三十代の藩主に異変が起こるとは考えず、実子が十七歳になるのを待ってから届けようとしたとしてもおかしくはなかった。

「元五郎様というのは、ご正室のお子ですか」

「いえ、違います。ご正室には、お子はありません。ご側室がお産みになったお子で、芝《しば》にある下屋敷にお住まいです」

「そうですか。直郷様には、弟君がありましたな」

「はい。郷臣さまという方です。お歳は三十一で、お国許においでになります」

瀬古が上意討ちをかけられた、因《もと》になった人物である。討っ手は、三年をへた今も執拗に追いかけてきていた。

「その御仁は、藩主の座を狙っているのであろうか」

「分かりませぬ。そうしたいと思う者も、そうさせたくないと考える者も、大目付には死んでも話すことではありますまい」

志保の言うことはもっともだった。

越後与板藩で、御家騒動が起こっている可能性があった。側室が産んだ年少の実子と壮年の弟。どちらも家督を相続する者として不足はない。

「ただ、家中の状況は分からぬわけですな」

「そうです。家督相続をしておかしくない人物が、二人いると分かっただけです」

三樹之助は腕組みをした。騒動が起こっているのならば、瀬古はその渦《うず》に知らぬ間に巻き込まれている公算が高かった。

ただこの藩内事情を知ることは、極めて難しい。二派に分かれての抗争があったとしても、藩外には漏れ出てこないからである。

このままでは、何も瀬古の役には立っていなかった。

志保のお陰で、藩のあらましを摑むことができた。だがそこで何ができるのか。はっきりしたものが見えてこない。

三樹之助は、中空に目をやった。

「そこでです。三樹之助どの」

志保が声をかけてきた。きりりとした響きがあったが、気持ちが高ぶっているという質《たち》のものではなかった。

「はい」

三樹之助は志保の眼差しを受け止めた。

「大目付の下役で、肝煎坊主《きもいりぼうず》というお役があります。よく叔父の屋敷に出入りしていた、竜達《りゅうたつ》という者がそれです。この者から、話を聞ける手立てを整えてきました」

「ほう、さようですか」

用意がいいのに目を見張った。肝煎坊主に話をつけるのは、目端《めはし》が利いているとも感心した。

この職は二十俵二人扶持《ぶち》という軽輩だが、大目付に属して事務の下調べをする職掌で、大名家の機密事項をも目にすることがある。文書に残さない出来事や確かではない風評まで、耳に伝わっていることが多い。

またそういう役職だから、下調べの段階での匙加減《さじかげん》で、大目付の判断が微妙に変化することも皆無とはいえなかった。このことを知っている大名家留守居役からは、肝煎坊主に対しては常に念入りな贈り物がなされていると三樹之助は聞いたことがあった。

事実この職にある者は、二十俵二人扶持とはとうてい思えない贅沢《ぜいたく》な暮らしをしている。

志保は、竜達という肝煎坊主から、与板藩に関する裏の風評を聞こうといっているのであった。

今日は非番で、幸い屋敷にいたそうな。

「では同道していただきます。京橋三十間堀河岸《きょうばしさんじっけんぼりがし》に『楓《かえで》』という料理屋があります。そこへ参るように伝えてあります」

言い終わると同時に、志保とお半は立ち上がった。履物を履き、そのまま台所口から出て行こうとしていた。

三樹之助も慌てて刀を腰に差し、あとに続いた。

「ぼやぼやしては、なりませぬぞ。これからお昼をいただきながら、話を聞きます。いくら下の役の者でも、待たせては無礼であろう」

お半は、子どもを急かせる口調で言った。不満だったが、言い返す暇はなかった。

五

昌平橋まで出て、橋下の船着場で舟を拾った。三人で乗って、神田川から大川をへて三十間堀へ行く道筋である。

昨日の激しい風雨とは打って変わった上天気。日差しを浴びていると暑いくらいだった。江戸の海も、中天の日差しを浴びて輝いている。

舟中ではほとんど話をしなかった。志保もお半も前を向いたきりで、何も言わない。三十間堀の船着場に着いた。女二人はさっさと降り、河岸の道へ上がってゆく。最後に降りた三樹之助が、舟の駄賃を払った。すると懐にあった財布は、空に近い状態になってしまった。

源兵衛から五匁銀二枚を貰っていたが、あれよあれよという間に使ってしまっていたのである。

そこでふっと、三樹之助の頭に不安がよぎった。お半はこれから四人で昼食を取りながら話を聞くと言っていたことを思い出したのだ。あのときは聞き流したが、今は違う。

自分には四人の食事代を払う銭はない。しかしこれまでの志保とのことを考えると、三樹之助が払わなければならないのは明らかだった。

えーい、ままよ。

皿洗いでも厠《かわや》の掃除でも、すればいいと覚悟を決めた。こんなときに、金のことで怯んだ己が情けなかった。

三名が立ったのは、三十間堀の西河岸である。目の前に、間口の広い黒板塀の料理屋があった。見越しの松が覗いている。

「こちらです」

志保はちらと三樹之助に目をやると、開かれている門扉の中へ入っていった。

「こ、これは」

どこから見ても、小旗本や表通りの商家でも間口の狭い小店の主人では、入ることはない店だった。植栽《しょくさい》は丁寧に手入れがなされ、塵《ちり》一つ落ちていない。

「いらっしゃいませ」

現れたおかみも、そつのない中年女だった。

「もうお待ちでございますよ」

「そうですか」

いかにも勝手知った場所という様子で、志保は上がった。お半も続いている。廊下は、顔が映るほどに磨《みが》き込まれていた。

皿洗いと厠掃除は、そうとう長く続けなくてはならないと腹を決めて、三樹之助も履物を脱いだ。通されたのは、庭に面した静かな部屋である。

膳が向かい合うように四つ用意されてあった。

竜達はくだけた着流しで、絹物だった。庭を背にしてすでに座っていた。床を背にしたのはもちろん志保である。

志保の向かいに竜達、三樹之助はお半と向かい合う形で座についた。

三十半ば、色艶のよい肌をした小太りの男である。

油断のない精悍《せいかん》な眼差しをしていた。軽輩であっても、こういう店で飯を食うことに慣れている様子だった。

大名家の重臣から、接待を受けることが少なくないのだろう。

「酒井様には、いつもお世話になっております」

如才《じよさい》ない挨拶をしたのは、竜達からである。ここでいう酒井は、志保の父織部ではなく叔父広忠の方らしい。

志保の方は、軽く頭を下げただけだった。あくまでも下の者に対する態度である。

三樹之助については、志保が紹介した。昵懇の旗本家の次男坊だと告げただけで、余計なことは言わなかった。

料理が運ばれてきた。食べながら話を聞くことになった。竜達のために、酒も用意されていた。注いだのはお半である。お半は表情を変えずに三樹之助の杯にも酒を注いだ。

「これは誰にでも話していいわけではありませんがな、酒井様の姫様のお名ざしではしかたがありません。分かることはお話しいたします」

さばけた男らしかった。注がれた酒を飲み干し、膳の箸《はし》を手に取った。

「与板藩には、もうお聞き及びでしょうが、御家騒動の火種があるのは確かです。今どうなっているか、それははっきりいたしませんが。殿様の病が重いという噂《うわさ》にもかかわらず、いまだにお世継ぎの届出がないのは、藩内でご実子元五郎様とご舎弟郷臣様の間で、どちらを立てるか揉《も》めているからだと思われます」

「決められない、ということですな」

「そういうことです。どちらの力も、拮抗《きっこう》しているのではないでしょうか」

竜達の空になった杯には、すかさずお半が酒を注いでいる。なかなか気が利く女なのかもしれなかった。

「閥《ばつ》があるのですな」

「そのように、聞いております。上屋敷に住まう正室お正《まさ》の方様にはお子がありません。こちらは郷臣様をお立てになろうと考えておいでのようです」

「うむ」

「下屋敷においでのご側室お由《よし》の方様は、もちろん腹を痛めたお子が可愛い。ご病弱でもないとうかがっています。このお由の方様は、お国許の城代家老布施弥一右衛門《ふせやいちえもん》様の縁戚に繋がるとのことですな」

「すると城代家老殿は、元五郎殿を立てようとしているわけだな」

「そう考えるのが、筋でしょう」

正室お正の方とともに郷臣を立てていると予想できるのは、江戸家老丹羽助太夫《にわすけだゆう》、国許の中老杉山弾正《すぎやまだんじょう》。竜達からは名が挙がらなかったが、普請組組頭の玉置利右衛門もこちらに与《くみ》しているることが推察できた。

元五郎を立てようとしているのは、江戸では側用人《そばようにん》の陸田十左衛門《くがたじゅうざえもん》あたりだろうという話だった。

「もちろんこれは、あて推量ですからな、違うかもしれませぬが」

あくまでもあるとすればが前提になる話だったが、藩内の派閥の大まかは見えた気がした。肝煎坊主の竜達は、なかなかにしたたかな人物のようだ。こうした各藩の内情に耳をそばだて、何かの折に袖の下との引き替えに伝えるのかもしれなかった。

「与板藩では、三年前に上意討ちの命を受けた討っ手に追われている元藩士がいると聞きましたが、ご存じですかな」

三樹之助が問いかけると、竜達はちらと目を上げた。

話しながら、手早く膳の料理を片付けている。酒も遠慮する気配もなく飲んでいた。

志保もお半も料理を口に運んでいて、三樹之助は慌てて箸を動かした。四人の中で、一番料理が残っていた。

煮物にしろ吸い物にしろ手の込んだものだったが、味はよく分からなかった。

「上意討ちについては、聞いていませぬ。何があったのですか」

逆に聞いてきた。

「詳しいことは存ぜぬが、郷臣殿に刃を向けた者があったそうな」

「なるほど。何か事情があったようですな。ただそういうことになると、与板藩内の者か、本家彦根藩の留守居役か側用人あたりならばご存じかもしれません」

「両藩に、ご存じよりの方がありますか」

三樹之助は念のために聞いてみた。役目柄知る者がいないわけではなかろうが、口利きをしてもらえるかと伝えたのである。

竜達は、返答をせぬまま杯の酒を飲み干した。もったいをつけているように見えた。

志保が使っていた箸を膳に置いた。

「書状を書いてくだされ。会うことができるように」

懇願の口調ではなかった。配下の者に、そうせよと命じている。

一瞬顔を強張《こわば》らせた竜達だったが、すぐにはっはと笑った。

「姫様にあっては、かないませぬな。それでは彦根藩の側用人潮田藤兵衛《うしおだとうべえ》殿に書状を書きましょう」

料理屋のおかみから、紙と筆を借りた。なかなかの達筆だった。これで話がもう一歩、前に進むことになった。

「それではこれで、ご無礼つかまつろう」

書状を書き終えた竜達は、食後の茶を飲み終えるとさっさと引き上げていった。

「おいしゅうございましたな」

「ほんに」

お半が志保に話しかけた。

「では彦根藩のお屋敷へまいろうか」

「そうでございますな」

女二人が、立ち上がった。このとき三樹之助の頭の中にあったのは、ここでの料理代の支払いである。

志保とお半は、さっさと部屋を出て行ってしまった。いつものことだから驚きもしないが、さてどうしたものか。

これから起こるであろうことを考えると、彦根藩邸へ行くどころの騒ぎではない気がするのである。

代を取りにおかみが来るかと考えたが、その気配はない。そこで三樹之助は、店の入口まで進んだ。おかみは満面の笑みで志保とお半を送り出したところだった。

「済まぬが、ここの代はいかほどになるのであろうか」

おそるおそる尋ねた。どのような金額を言われても、動揺しない覚悟だけはしていた。

「お知りになりたいのでございますか」

妙な言い方をおかみはした。三樹之助の体を頭のてっぺんから爪先《つまさき》まで、値踏みするように見た。そして口に含み笑いを浮かべると続けた。

「もう頂戴をいたしましたが」

「そ、そうであったか」

胸に湧いたのは、安堵よりも驚愕《きょうがく》だ。

志保が払っていたということに他ならない。何も言わなかったが、自分に払えるわけがないと考えてのことだろう。

ありがたかったが、軽く見られた気持ちもあった。

「何をもたもたしておいでか。そなたのために時を潰しておるのじゃぞ。それをどう考えておいでか」

外へ出ると、お半が舌鋒《ぜっぽう》鋭く攻めてきた。

「いや、それは」

何を言ったものかともぞもぞしていると、志保が歩き始めた。お半もそれについてゆく。向かう先は、桜田門外《さくらだもんがい》にある彦根藩上屋敷だった。

料理の代については、志保もお半も一言も触れなかった。

六

三十間堀の河岸道を少し歩いてから、三樹之助らは京橋の町並みに入った。志保のぴんと背筋を張った後ろ姿が見える。桜田門外の外桜田曲輪《くるわ》に近づいてゆくが、まったく振り返らなかった。

志保が歩いてゆくと、向こうから歩いて来た者が自然に避けてゆく。じろじろと見ようとするものはほとんどいなかった。

いったいこの女は、何のために自分に付き合っているのか。考えれば考えるほど分からない。おまけに安いとは思えない料理の代まで払ってくれた。

もちろん大身旗本の姫様の身の上ならば、どうということもない金額なのかもしれないが、出すいわれのない金だった。

前におナツが、志保が夢の湯へ来るのは「三樹之助さまのことを好き」だからではないかと言ったことがある。そうかもしれないという自惚《うぬぼ》れが皆無とはいえないが、志保はそれだけで動く女だとは思えなかった。

自分を好きだからなどと自惚れていると、手痛いしっぺ返しを受けると感じている。

志保は婿として祝言を挙げた夫を、屋敷からいびり出した女であった。

二千石の大身旗本勝田《かつた》出羽守《でわのかみ》の三男仙三郎《せんざぶろう》という人物だ。三樹之助はその人物と会い、話をしていた。

勝田は取り立てて悪い人物ではなかったが、志保とお半がしたことは明らかだった。ただ初めて酒井家の茶室で会ったときより、三樹之助の志保を見る目が少しずつ変わってきているのは確かだ。

この女。何を考えているのか……。

桜田堀に面した彦根三十五万石井伊家の上屋敷は、さすがに広大だった。曰《いわ》く窓のついたお長屋がどこまでも続いている。向かい側にあるのは安芸広島藩浅野家《あきひろしまはんあさのけ》の上屋敷だ。このあたりにある大名屋敷は、大藩のものばかりである。

門番所の前に、寄棒《よりぼう》を手にした門番が立っていた。そこへ行くのかと三樹之助は慌てたが、そうではなかった。

「御側用人とはいえ、私事で訪ねるのですから、裏門へ参ります」

お半は僅かに緊張した顔で言った。

裏門にも門番がいた。与板藩上屋敷よりも重厚な長屋門だった。

「待たれよ」

書状を見せると、受け取った門番が屋敷の中へ入っていった。門前で、四半刻近く待たされた。

足音がして、重い門扉がようやく開かれた。

「どうぞ」

中小姓といった風情の若い侍が、姿を現した。

志保に対して、丁寧な挨拶をした。

門を潜って中へ入ると、さらに家臣が住まう長屋と板塀が長く続いていた。そこだけ歩いていると、屋敷内というよりも武家地の路地を歩いているようだった。

通された建物は、狭いながらも庭の付いた上士の住まう建物である。床の間のある部屋に通された。こそりとも、物音がしない。

「それがしが潮田でござる」

四十年配の羽織袴の侍が、志保に挨拶をした。どちらも床の間を背にしない座り方だ。

三樹之助は、志保の横に並んで座った。志保がそうなるような位置に座ったのである。

潮田はそれを見て、ほんの一瞬目を見張った。三樹之助が志保と対等な位置に座ったからである。

湯屋の木拾いをしたそのままの姿に、刀を腰に差してきた。志保の身なりと比べたならば、従者以下に見えて当然だ。

だが潮田は、その驚きをすぐさま呑み込んだ。何事もなかったように口を開いた。

「肝煎坊主の竜達殿とは昵懇でござってな。また大目付の酒井様に、このようなお美しい姪御がおいでとは驚きでござる」

如才ない男だった。また志保の叔父を知っていると、伝えてよこした。

志保は小さく黙礼した。

側用人は多忙な役職である。さっそく本題に入った。志保は三樹之助を、やはり知己の旗本家の次男坊だと伝えたが、それ以上のことは言わなかった。

「与板藩の藩士に、瀬古長四郎なる人物がおります。三年前、藩主ご舎弟の郷臣様に刃を向けたとして、上意討ちをかけられた者にございます。この話、ご存じでございましょうや」

三樹之助が言った。与板藩の藩内事情と上意討ちの経緯《いきさつ》について知りたいのである。

「存じておる。だが話をする前に、ご貴殿にうかがいたい。何ゆえ、そのような話を聞きたいのでござろうか」

たとえ竜達の紹介があり大目付の姪が側にいても、わけも分からずに話すわけにはいかないのだろう。

もっともな申し出だと、三樹之助は受け取った。

「されば、このたびの上意討ちには信濃川補修工事に関わる藩金流用について、冤罪の気配を強く感じたからでございます」

「黒白《こくびゃく》をつけたい、ということでござるかな」

「そうです」

三樹之助は瑞江から聞いた話、そして討っ手を出された瀬古の人となり、あった事実と調べた詳細についてすべてを話した。

もしこの男が、分家の郷臣と繋がる者だったら……。

正直な対応はしないだろうと考えた。場合によっては、邪魔者として刺客《しかく》を寄越すかもしれない。けれども乗りかかった舟である。引き返すつもりはなかった。

志保もその覚悟で口利きをし、付き合っていると解釈していた。

「ご貴殿の申しよう、あいわかった」

聞き終えた潮田は、腕組みをしてふうと息を吐いた。

「定かなこととしては言えぬ。与板藩内で跡取りを決めるにあたって、騒動が起こりかかっているとしたならばの話だが。郷臣様を立てようとする者にとっては、瀬古なる者は、とりわけ邪魔な人物となる。終わりになったはずの旧悪が、蒸し返されては藩主になるどころの話ではなくなる」

「そうですな」

「元五郎殿を立てようとする者にとっては、瀬古を捜し出し何らかの言質《げんち》や証拠を手に入れたいところであろう。郷臣様の足をすくうためにな」

そこまで言って、潮田は含み笑いをした。三樹之助から志保に、さらにもう一度三樹之助に視線を移した。

「拙者は、郷臣様とは面識はないが、いろいろな風評があるのは存じてござる」

「どのような」

「藩政に、何かと口出しをしたがるそうでな」

城代家老の布施弥一右衛門と、しばしば悶着を起こしたことがあるという。

「またな、貴殿が申された通り、暮らしが奢侈になっているとの噂も他から耳にしたことがある。確たる証拠はないが、郷臣様ならば、何をしでかすか分からぬという声もあった」

「やはり、さようでございましたか」

潮田は、冤罪の可能性を示唆《しさ》したのであった。

「ただ、確たる証拠がなければ動けまい」

そうも言った。郷臣はもちろんだが、支持する江戸家老の丹羽助太夫も、あなどれない人物だという。

「当藩から分家した藩ではあるが、拙者が分かるのはそこまででござる」

「与板藩城代家老布施様に近い方から、話を聞けるようお口利き願えぬでしょうか」

三樹之助は言った。すると横にいる志保も頭を下げた。いつもの傲慢な眼差しではない。

「そうですな。それは容易《たやす》いことだが、はて誰が適任であろうか」

しばらくの間、頭を捻った。

「万が一、郷臣様を立てる一派の者であったら、厄介。そうだ、あの男にしよう」

そう言うと、さっそく筆と墨の用意を命じた。

七

桜田門外の外桜田曲輪を抜けて、三樹之助と志保、それにお半の三人は昼下がりの道を、芝高輪《しばたかなわ》へ向かった。潮田が書状を書いてくれた相手は、与板藩下屋敷に詰める藩の馬廻り役三栗新蔵《みくりしんぞう》という者だった。

「江戸家老の丹羽にうとまれて、上屋敷から下屋敷へ飛ばされた者だそうな」

郷臣とは違う立場での、瀬古に対する上意討ちに関わる話を聞けるだろうということだった。

芝口橋《しばぐちばし》を南に渡って、歩を速めてゆく。お半がやや遅れがちになるが、いつものような苦情を言わずについてきた。増上寺《ぞうじょうじ》を右手に見てさらに進む。

次第に潮のにおいが濃くなっていった。

志保が三樹之助の横を歩いている。

これまでだと志保とお半が前を歩き、三樹之助が後を追う形になったが、今はそうではなかった。

微かに、鬢付《びんづ》け油の香がにおってくる。

三樹之助の昨夜の頼みを受けて、志保は今朝、叔父の大目付の屋敷を訪ねてくれた。話を聞いたのち夢の湯へ来て、知りえたことを話してくれた。本来ならば、それで役目は終了したとしてもおかしくないが、肝煎坊主竜達と直に話す機会を作ってくれた。食事の代まで払ってくれたのである。

さらに今度は、桜田門外から高輪まで向かおうとしていた。

志保がいなければ、このようにとんとん拍子にはいかなかった。会うことさえできなかった人物である。

やはり三樹之助は気になった。

なぜ、ここまでしてくれるのか……。

「ちと、尋ねてもよろしいか」

胸の中で、何度か出しかけては引っ込めていた言葉を、三樹之助は口にした。

「なんですか」

前を見たまま志保は答えた。いつもと同じ、高慢な口ぶりである。これを聞くと、むっとするのが常だったが、今日は気にならなかった。

「たいへん世話になった。ありがたい」

そのままの気持ちを口にした。まずは礼の気持ちである。

「まだ、終わってはおりませぬ」

返ってきた言葉は、ぴしゃりとくるものだった。

志保らしい口ぶりである。昨日までの三樹之助ならば、これで話すことをやめてしまうところだったが、今は違った。

「なぜこのように力を貸してくれるのか、それが知りたい」

直截《ちょくせつ》すぎる言い方かとも思ったが、志保にならば、どういう言い方をしても同じだと判断した。

志保はそのまま歩いた。どう返事をしようか考えたのか、それとも聞き流そうとしたのか。横顔を見ただけでは分からない。

答える気がないのかと思いかけたとき、ようやく志保は口を開いた。

「三樹之助どのは、瀬古どのが冤罪だと信じたと申されましたな」

「はい」

「私も、話を聞いてそう思いました。しかしあなたがそう言ったことを、鵜呑《うの》みにしたわけではありません」

「ほう」

何を言い出すのかと横顔を見た。美しいが、高慢で冷酷そうにも見える瞳。その凜々しい口元が動くのを待った。

「あの御仁は、湯汲みをしておいででした。私も汲んでもらったことがあります」

そういえば、瀬古が夢の湯へ来てから、志保がやって来たことがあった。

「他の客とは違う扱いを、いたさなかった」

それきり、何かを話そうという気配を見せなかった。

三樹之助に言われたからだけでなく、瀬古の潔白《けっぱく》を、自らが信じたからだということらしかった。

しかし瀬古は、志保にとっては縁もゆかりもない人物だった。そのことには、触れていない。

考え事をして歩いていると、芝車町《しばくるまちょう》を過ぎていた。左手は海になっている。はるか彼方《かなた》に千石船の帆が輝いて、白い海鳥が空を飛んでいる姿が目に入った。

「大丈夫ですか、少し休みますか」

志保が振り向いて、お半に言った。

「へ、平気でございまする」

勝気そうな目で、お半は答えた。

与板藩井伊兵部少輔の下屋敷は、品川宿《しながわしゅく》に向かう高札場の前の丘陵を右に登った二本榎《にほんえのき》の先にあった。

大名屋敷とはいっても、江戸とは名ばかりの場所にある。敷地の広さは上屋敷を凌《しの》いでいたが、長屋門の手入れは行き届いてはいなかった。壁や土塀には罅《ひび》が入り、瓦葺《かわらぶき》の屋根からは、草が生えて風に揺れていた。

閉じられた門を拳で叩いても、人が出てくる気配はなかった。

「人がおらぬのか」

お半が、苛立った声を上げた。

力の限り、三樹之助は何度も門を叩いた。拳が痛くなった頃、ようやく中から返答があった。顔を現したのは、初老の中間である。額の広い瓦せんべいを彷彿《ほうふつ》とさせる顔をしていた。

「どうぞ」

書状を出すと、取り次ぎもしないで中へ招き入れた。落ち葉や木切れが、樹木の根方に溜まっている。きのうあった風雨の跡が、まだそこに残っていた。

勝手口らしいところに連れられて待っていると、三十前後の侍が現れた。

「おおっ」

三樹之助は声を上げた。見覚えのある顔だった。

瀬古と木拾いに行った帰り道、湯島切通町の坂道を上って行くときに、下りてきた侍がいた。

荷車に積んだ古材木の陰に瀬古は身を隠したが、あのとき通りかかった侍であることは、見間違いがなかった。ほんの二、三日前のことだ。

「拙者が、三栗新蔵でござる」

そう言って、志保に頭を下げた。荷車を引いていた三樹之助の記憶など、どこにもないらしかった。

六畳の家臣の控所のような部屋へ通された。畳は古く西日しか当たらない部屋だった。

「潮田様のお文には、瀬古殿に関するお尋ねだとござったが」

「さよう。それがしは、湯島切通町の湯屋夢の湯から参った大曽根三樹之助と申します」

「ほう。湯島の夢の湯から」

驚嘆の声になった。

「やはりあそこに、瀬古長四郎はおったのでござるか」

そう言った。越後屋を見張っていた瀬古らしい人物を追って、三栗も夢の湯へ足を運んだという。

玉置や美作は嵐の中の火事騒ぎで、越後屋を見張っていた深編笠の侍が瀬古だと確かめることができた。だが三栗はできなかった。

三樹之助は、潮田にしたのと同じように、瀬古が夢の湯へやって来たときから、二人の刺客に追われて逃げ去るまでの顚末を話した。

「二人は、玉置利之助と美作次郎七に相違ござらぬな」

決め付けたあとで、三栗は溜息を吐いた。さらに続けた。

「瀬古殿は、無念の思いのまま、三年という歳月を過ごされたわけだな」

「三栗殿は、瀬古殿が冤罪だとお考えになるわけですな」

「さよう。ただ確かな証拠もなく、郷臣様に刃を向けたのは事実だとされて、何もできませなんだ」

声に、無念がこもっていた。

「瀬古殿は、申し開きをすることはできぬのであろうか」

「何か、確かな証《あかし》があればできましょう。城代家老の布施様が後ろ盾になってくださるでしょうからな」

「それは、元五郎殿を跡継ぎに据えるためにでござるか」

もしそうならば、瀬古は政争の具になるだけだ。

「大曽根殿がそこまでご存じならば、申し上げよう。われらは、郷臣様の専横《せんおう》な振舞いに腹を立てているのでござる。藩士領民の益を図っていただけるのならば、藩主にいただくのは元五郎様でなくともよいと考えている」

「さようか」

三栗の話を聞いていると、与板藩に跡目相続の争いが起きているのは明らかだ。郷臣の野望を抑えるためには、不正に対する明確な証拠と、それを裏打ちする瀬古の証言が不可欠になるということだった。

瀬古は、そのような品を持っているのか……。

改めてそう考えたとき、三樹之助の頭に、冬太郎が瀬古に叱られてべそをかいていたときの情景が浮かんだ。

冬太郎は、瀬古が帳面を床に置いた隙に、手に取ってパラパラとやってしまった。細かい文字がいっぱい書いてあって、数字が目についたと言った。

「ああ」

三樹之助は声を上げた。

八

「その帳面は、今も夢の湯にあるのでござろうか」

三樹之助から話を聞いた三栗は、目を輝かせた。

「戻ってみなくては分からぬが」

昨日風雨の中を、瀬古は出かけようとした。それは恐らく、瑞江かお久米の姿をよそながら見ようとしたためで、夢の湯へ戻ってくる気持ちがあった。

しかし玉置や美作に襲われて、逃走した。外出のたびに懐に忍ばせていたか、錠前のかかる戸棚に入れたままになっているのか、どちらとも言いがたい。

「今ここに、当藩の側用人陸田十左衛門殿がお越しになっている。ご貴殿方に、会っていただこう」

三栗は三十代後半の瘦身長軀《そうしんちょうく》の侍を伴ってきた。紋の入った羽織を身につけている。

「瀬古のために、わざわざお越し下されたこと、まずは御礼を申し上げる。委細《いさい》は、三栗から聞き申した」

陸田はやって来るなり、三樹之助と志保に頭を下げた。志保よりも先に挨拶を受けたのは、これが初めてだった。

「すでに三栗からお聞き及びであろうが、われらは城代家老布施弥一右衛門様とともに、藩の跡取りとして元五郎様を推挙《すいきょ》している者でござる。信濃川治水工事の不正については、郷臣様や組頭玉置利右衛門の関わりは大きいと睨《にら》んでいたが、出奔した瀬古を救うことはできなかった。瀬古が郷臣殿に刃を向けたことに激怒された殿は、国許の中老杉山弾正殿や江戸家老の丹羽殿の言を入れて、上意討ちを命じられた」

瀬古が郷臣に刃を向けたのは、我が身を無法から守るためだったが、それは殿様には伝わらなかった。

「すでに我が殿が重い病に臥せっていることはご存じの様子だが、われらは、そのような横暴をなす郷臣様を藩主として仰ぐことはできない。また殿の本心も、跡継ぎについては、元五郎様を望んでおいでである。それがしは直に、お言葉を伺っておる」

だがそれは二人だけの内々の言葉であって、文書に残されたものではなかった。

今では病は重くなって、正室お正の方と江戸家老の丹羽が囲い込んで、側用人の陸田でさえお目通りができなくなった。

こうして江戸も外れの下屋敷を密談の場にしているのは、郷臣派の藩士が上屋敷を跋扈《ばっこ》しているからだと打ち明けた。

「先月の末に、鎌田才次郎という国許の藩士が江戸へ参った。瀬古と同じ普請組で、治水工事に当たっていた者だ。この男は前から、瀬古が不正を明らかにするための材木や土嚢《どのう》などの掛かりを書き残していたと証言していた。しかし鎌田の姿はわしらの前から消えた」

鎌田は国許で、瀬古の妹瑞江が江戸へ出てきていることを探り出した。世継ぎの決定に当たって、郷臣の失脚を狙う布施は、瑞江を捜し出すために鎌田を密かに江戸へ差し向けたのである。

瀬古は必ず瑞江を訪ねてくると、踏んだからだ。兄妹仲は、極めてよかった。また今となっては、血筋は他にない。

「たとえ上意討ちの命が下っていても、不正を明かす帳面と瀬古の証言があれば、郷臣様を失脚させることができる」

「瀬古殿は、藩の事情が変わり、汚名をそそぐ機会があるということを知らぬわけですな」

「そうでござる」

陸田は頷いた。

「江戸へ出てきた鎌田は、国許で得たつてを辿って、ついに瑞江が蔵前の越後屋の若おかみになっていることを調べ上げた。その様子を探っていたが、七月七日から姿が見えなくなった。玉置や美作に斬られたものと思われる。あやつらも、焦っているのであろう」

嫡子《ちゃくし》の届出は、急を要する状態だ。

「そこでだが、瀬古が残しているやも知れぬ帳面を、拝見することはできぬか。拙者と三栗で湯島まで同道いたすゆえ。もちろん持ち出されていたのならば、それはそれでしかたがないが」

帳面のことは、三樹之助も気になっていた。役立てるならば、瀬古も持っていたかいがあるだろう。

「では、さっそくにも」

陸田と三栗を伴って、三樹之助と志保、お半の三人は高輪の与板藩下屋敷を出た。

「少々、気に入らぬことがございますな」

歩き始めてしばらくしてから、志保がいきなり三樹之助に言った。

前に陸田と三栗が歩き、その後ろに志保と三樹之助が、しんがりにお半がいた。

「何が、お気にめさぬのですかな」

実は三樹之助も、腑に落ちないものを感じていた。

「ご城代が、今になって鎌田なる藩士を江戸へ寄越されたこと。三年前にいたすべきことではないのでしょうか」

これは布施にしろ陸田にしろ、上意討ちの命が下った直後に、本気で捜そうとしなかったことをさしている。三年もたって、世継ぎ争いが起こってから、重い腰を上げた。それも自分らの都合でだ。

三樹之助が感じたのと同じことを、志保は言っていた。

声を落としてはいない。前を歩いている陸田や三栗にも聞こえているはずだった。

「私は、そういうやり方は気に入りませぬ」

志保らしい、決めつけ方だった。陸田や三栗は何も口にしなかった。言えなかったのかもしれない。

芝口橋を渡ったところで、志保が立ち止まった。

「これで、私のご用は済みましたな」

三樹之助を見て言った。まだ瀬古がどうなるかは分からないが、依頼した志保の役目は終わっていた。

いつの間にか、日差しも傾き始めている。

「かたじけなかった」

三樹之助は、心の底から礼を言った。志保がここまでしてくれるとは、予想もしないことだった。

「ほんに疲れました。この返礼は、たっぷりしていただきますぞ」

志保は何も言わず、お半が口を出した。さんざん連れまわされて、疲れた顔をしていたが、口だけは達者だった。

女主従は、通りかかった辻駕籠《つじかご》を二丁拾った。お半を休ませる、志保の配慮だと思われた。


夢の湯は、いつもと変わらぬ商いをしていた。瀬古が姿を消し三樹之助も一日中出歩いていた。残った者たちは、てんてこ舞いしたはずである。

さすがに源兵衛も外出をしないで、二階の座敷で客の相手をしていた。

そろそろ湯屋が混み合ってくる刻限だった。まして今夜は盂蘭盆会の最後の日で、送り火を焚くことになる。

「戸棚の錠前は、かかったままですね」

源兵衛が言った。戸棚の前に行ってみると、なるほど出てゆく前と同じ状態だった。

「開けて、中を確かめることはできぬであろうか」

陸田は錠を壊して開けろと言っていた。瀬古が戻ってこないのなら、それも仕方がなかろうと、三樹之助は思っていた。

源兵衛が金槌《かなづち》を持ってきて錠を叩き壊した。

「あったではないか」

陸田が声を上げた。

使い古された風呂敷に包まれた、冊子らしきものが入っていた。源兵衛が取り出して開くと、やはり一冊の帳面だった。四隅がすれていて、何ヶ所も折り曲げた跡があった。

表紙には何も書かれていない。

開いてみると、冬太郎が言っていた通り、小さな文字でびっしりと何か書かれていた。なるほど数字らしきものが多かった。治水工事に関する勘定をしたためたものであることは、三樹之助にも分かった。

「失礼いたす」

陸田が手に取った。一文字一文字を目で追ってゆく。必死の眼差しに見えた。だがすぐに首を横に振った。

「工事の勘定帖であることは分かり申すが、拙者にはこれが何の役に立つのかは見当もつきませぬ」

手渡された三栗も紙面をめくったが、困惑の色を顔に浮かべただけだった。

「瀬古殿がいないと、話になりませぬ」

重要な帳面であるとは察せられても、工事の勘定に詳しい者が見なければものの役には立たぬらしかった。

「この帳面を、お預かりいたしたいが」

陸田が源兵衛に言った。源兵衛は三樹之助の顔を見た。任せろということらしかった。

「これは、瀬古殿の持ち物ですからな。勝手に持ち出してしまうのは、いかがなものであろうか」

それほど大事なものであるならば、瀬古はこれを取りに来るのではないかという気がしたのである。自身で来るか、誰かに頼むか、それは分からないが。

だとするならば、どうするかを決めるのは持ち主の瀬古でなくてはならないと、三樹之助は考えた。

「そこを、曲げて頼むことはできぬであろうか」

「ならば三年前に、瀬古殿を捜すべきでしたな。玉置や美作は、捜しておったわけですから」

三樹之助が言うと、陸田も三栗もはっとした顔になった。そしてすぐに腹を括《くく》った顔になった。ここへ来る道すがらの三樹之助と志保との会話を、覚えていたらしかった。

「分かり申した。ならばここへ三栗を残していきたい。瀬古が現れたり言伝《ことづて》があったりした場合には、すぐ動けるゆえ」

三年前のことはともかくとして、ごり押しをしないのは何がしかの瀬古への思いを感じた。

「そうしていただきましょう。瀬古殿の無実の罪が、晴らされることを願っています」

三樹之助は答えた。

第四章　貰い湯

一

粗《あら》い歯のある楔形《くさびがた》の葉をつけた枝の先に、紅紫色《こうししょく》の美しい花が咲いている。葵《あおい》に似た五弁の花だ。朝開くと夕にはしぼんでしまうが、昇り始めたばかりの日差しを浴びた木槿《むくげ》の花は、鮮やかに見えた。

風で花が、小さく揺れている。

外神田御籾倉裏手にある与板藩上屋敷の江戸家老の居室だ。十二畳の部屋は畳を張り替えたばかりで、藺草《いぐさ》のにおいがする。

庭の花に目をやりながら丹羽助太夫は夢の湯の見張りから戻った配下の話を聞いていた。聞き終えると口元に、小さな嗤《わら》いを浮かべた。

膝元にあった茶を啜る。

一昨日の嵐の中、討っ手の玉置と美作が瀬古を取り逃がしたという話を聞いたときには、怒りをあらわにした。気がかりの芽を摘む、千載一遇《せんざいいちぐう》の機会だと考えたからである。

江戸の外へ逃げ出したのならば、まだいいと考えていた。

与板藩の継嗣決定は、この数日が山場だ。

郷臣に決まってしまえば、どのような事実が後から出てきても、城代家老の布施は言葉を呑み込むことしかできない。それまで瀬古が現れなければ、それはそれでいいのだ。

面倒なのは、瀬古が陸田方の手に落ちることである。

瀬古は治水工事の支出に関する不正を立証する帳面を持っているということだった。

丹羽は、郷臣と組頭玉置がした不正については関わっていなかったが、継嗣問題では足並みをそろえていた。

郷臣が潰れることは、己の不利益となる。そのために玉置と美作に手を貸し、瀬古の命を奪おうとしていた。

「それにしても三樹之助なる者、よく陸田を引っ張り出してきたな」

「なかなかに、しぶとい男にございます」

玉置が応えた。

風雨の中、逃げる瀬古を追った。そのとき夢の湯から追いかけてきた者がいた。もう少しで捕らえられるところを、荷車を突き出されて邪魔された。

それが湯屋で見たあの男だと気づいていた。激しい憎しみが胸中にある。

夢の湯を見張っていた配下の話によれば、陸田と三栗の二人が夢の湯に現れたという。

「何をしに行ったと、その方は考えるか」

丹羽が玉置に聞いた。

陸田は四半刻いて引き上げたが、三栗は残った。それからしばらくして、下屋敷に詰めている陸田配下の藩士が二人、夢の湯に入った。

そのまま居座っている。

「瀬古が再びやってくると考えているのでしょうな」

「そうであろう。だがなぜ、またやって来ると考えたかだ。その方らに目をつけられたことを承知の上で、それでも湯屋へやって来るとは」

「はっ」

「よほどのことだ」

玉置は考えている。美作が声を出した。

「瀬古はあの帳面を、湯屋に残しているのではないでしょうか。我らの急襲のおり、持ち出せなかったとしたら」

「うむ。わしもそう考えていたところだ」

丹羽は、自分と同じ考えであることに満足した。

「陸田様は、帳面を持ち帰らなかったということですか」

これは玉置である。

「わしならば、なんであろうと持ち帰る。ただな、肝心なところは、その帳面を勘定に疎《うと》い者が見て分かるかどうかだ。瀬古が詳細を述べて、初めて分かることではないのか」

工事の収支に関わりのある公式な帳面は、不都合な部分をすべて塗り替えて作り直してあると聞いている。組頭の玉置は、そういうところは周到な男だ。

それを覆《くつがえ》すものであるならば、工事に関わりなかった者では、読み取ることができないだろうと丹羽は考えたのである。

三栗らは、だから湯屋に残ったのだ……。

「瀬古なしでは、役に立たぬ帳面ですな」

「うむ、そうであろう」

「なんとしても、瀬古の命を奪わなくてはなりませぬ」

玉置が身を乗り出した。

無言で丹羽は、庭の木槿に目をやった。蜻蛉《とんぼ》が花の脇を過《よぎ》って飛んでゆく。

「三栗らは、瀬古が夢の湯に現れるのを待っているわけですな。残した帳面を、取りに来ると考えて」

「そうだ。先を越されてはなるまい」

美作の言葉を、丹羽は受けた。

瀬古さえ現れなければ、城代家老の布施がなんと言おうと、どうすることもできない。他には不安材料はなかった。宗家《そうけ》彦根藩井伊家にも、怠《おこた》りなく手を回している。

「殿のお命も、いつまでもつか分からぬからな」

一挙に嫡子を決めてしまう腹だった。

「湯屋の表と裏の出入口を見渡せる場所に部屋を借りろ。昼夜を通して見張るのだ。瀬古が現れたなら、遠慮はいらぬ」

「はっ」

「それからな、三樹之助とかいう浪人者だが、目障《めざわ》りだな」

瀬古から、どれほどのことを聞いているかは想像もつかない。だが帳面の存在を知り、陸田を呼び出したとなれば、そのままにはしておけない輩だと思われた。背後に、何かしらの力を持っている。

災《わざわ》いの芽は、摘み取ってしまわなくてはならなかった。

「その男、腕は立つのか」

「なに、我らが立ち合えば、どれほどのこともありますまい」

玉置と美作の目には、自信が表れていた。

「鎌田才次郎をやったときのように、目立たぬようにな」

膝元にあった茶に手を出した。すでにぬるくなっていたが、丹羽はそのまま一口で飲み干した。

「今日は十六日か。閻魔の賽日だな。地獄の釜が開く日というわけか」

玉置と美作が部屋を出て行った後、丹羽は呟いた。

木槿が風で揺れている。

二

結い直した髪に新調の衣服、履物、手には手拭いや菓子など入れた風呂敷包みを持って、小僧や小娘が歩いていた。どれも顔は期待と安堵に溢れている。

衣服履物はもちろん、風呂敷包みの中身まで、雇い主が用意してくれたものだった。懐には、早朝手渡された小遣いの銭も入っている。

全額親に渡す者もいれば、買い食いで使い果たしてしまう者もあった。

正月と七月の十六日は、年に二度きりの藪入りである。

幼い奉公人たちは、何日も前からこの日が来るのを待っていた。好きなように過ごしていい一日だ。

「おめえ、去年よりも力が強くなったな」

「そうかい。本当かい」

「ああ、気持ちがいいぜ」

十四、五の倅《せがれ》が、父親の背中を流している。つかの間の親孝行である。

これから各地の閻魔堂へ行ってお参りをし、家で親兄弟と過ごしたり幼馴染みと遊んだりする。

地獄の王であり亡者の魂魄《こんぱく》をつかさどる閻魔大王も、この日ばかりは地獄の釜の蓋を取って骨休みをする。藪入りの小僧や女中だけでなく、この日を休日として多くの者が閻魔堂へ参拝に行った。

浅草蔵前長延寺《ちょうえんじ》、同じく浅草観音の境内《けいだい》、牛込寺町《うしごめてらまち》の養善院《ようぜんいん》、芝大仏如来寺、深川寺町の法乗院《ほうじょういん》、日本橋茅場町《にほんばしかやばちょう》の薬師堂《やくしどう》などの閻魔堂には、立錐《りっすい》の余地もないほどの人が集まった。

湯屋も休みにして奉公人に藪入りをさせたいところだが、それはできない。そこでこの日を『貰い湯』の紋日として商いを行った。

この日の客は、留湯の客であっても、入浴料の他に十二銅《じゅうにどう》と呼ばれる十二文のお捻りを持参しなくてはならなかった。

毎月ある紋日のお捻りは、奉公人が全額受け取って人数で分けたが、この日はそれだけではなかった。十文の入浴料も奉公人たちが貰い分けた。

『貰い湯』という呼び方をするのは、そこからきていると三樹之助は五平から聞いた。

「ぼんぼんぼんの十ゥ六日に、おーえんまァさまへまいろとしたら……」

おナツと冬太郎が板の間で踊りながら、うたっている。踊りも繰り返しやっているので、だいぶ板についてきた。

三栗とその配下は、夢の湯に泊まった。布団だけはあったので、三名は板の間に敷いて交代に寝た。お久は布団を貸す代わりに、しまい湯あとの流し板磨きを手伝わせた。

「志保さまが来たよ」

おナツに言われて、三樹之助は湯屋の前の通りに出た。

「昨日は、たいそう世話になりました」

自然に言葉が出た。茜色《あかねいろ》の鮫小紋《さめこもん》が眩《まぶ》しく見えた。もちろん同道しているお半にも、礼を言うのを忘れはしなかった。

そのあとで三樹之助は、陸田らが夢の湯へ来てからの顚末を伝えた。

「分かりました。そうなると、蔵前の米問屋越後屋もそのままにはできませぬな」

聞き終えた志保は言った。

「瀬古どのは、江戸を出るつもりかもしれませぬな。だとすれば、妹ごの瑞江どのの顔を一目見てからにするのではないでしょうか。夢の湯へ来るよりも先に、そちらに参ることも考えられる」

「瑞江殿に、あらかじめ委細を伝えておかねばなりませぬな」

「そうです」

志保の言うことはもっともだった。瀬古は瑞江の姿を一目見るだけか、声をかけるか、それは判断のしようもない。だが事情を伝えておけば、瑞江は店の周囲に気を配るだろう。出会うことができれば、引き止めるなり、こちらに伝えるなりすると思われた。

「海辺大工町のお久米にしても、同じ」

「そこへは、私が参りましょう」

お半が言った。緊急の用だということを、よく分かっている顔付きだった。志保は、当然のように頷いた。

まだ朝のうちなので、親子の湯客はあっても混雑しているわけではなかった。源兵衛に断って、夢の湯を出た。

商家はおおむね閉じているが、奉公人のいない小店や露店などは商いをしていた。

十五、六の小僧が三人、何やら話しながら歩いてゆく。奉公先の悪口でも言っているのだろうか、みなくすくす笑いをしていた。十一、二の娘が、母親の腕にぶら下がって、額を肩に乗せている。幼馴染みと無駄話ができるのも、親に甘えて一日を過ごせるのも、閻魔様のご利益だった。

越後屋も店を閉めていた。

ただ人通りはいつもよりも多かった。店を開けている食い物屋や小間物などの露店に人が集まっている。

櫛《くし》や簪《かんざし》を売る店もあるが、子守などをしている娘が小遣いで買える品だった。

閉じている戸を叩くと、豊太郎が現れた。

「これはこれは」

三樹之助を覚えていた。身なりの釣り合わない志保を見て驚いた顔をしたが、何かを言うわけではなかった。

戸を閉じたままの薄暗い店の中に入った。客や奉公人の姿がないと、がらんとして広く感じた。この前と同じように、米糠のにおいがする。

上がり框に腰を下ろしていると、瑞江がやって来た。ちらと志保に目をやった。三樹之助は志保を、与板藩の内情を知るために助力してくれた人だと言って、名を伝えただけだった。

「兄に、何かあったのでしょうか」

挨拶を済ませると、瑞江は案じ顔で言った。互いに何かがあったら、知らせることになっていた。

言葉の様子から、まだここへは瀬古は姿を現していないと分かった。

三樹之助はまず、与板藩主の病と継嗣決定を巡る藩内抗争が起こっていることを伝えた。その上で、郷臣に対立する一派では、瀬古の冤罪を明らかにすることで、旧悪を公にしたいという動きが出ていること。密かに隠し持っていた帳面によって、無実が証明ができるのならば、もう逃げる必要はなくなるのだということを話した。

瑞江と豊太郎は、瞬きもしないで聞いていた。

「兄は、きっとここへ来ると思います」

話が済むと、瑞江の目から涙が一筋こぼれた。三年も無為に過ごした歳月が、頭に浮かんだのだろうか。

今でこそ蔵前の米問屋の若おかみなどといわれているが、瑞江自身も母親を亡くし、国を追われ江戸へ出てきたのである。

「分かりました。兄の気配がありましたならば、何を措《お》いても声をかけ、大曽根さまのおっしゃったことを伝えます」

「夢の湯は、玉置ら刺客に見張られている恐れがあります。瑞江殿か、使いの者を寄越していただくのが、好都合であろうな」

瀬古が現れるならば、今日か明日。そう先ではない気がした。与板藩の事情を知らない身としては、三栗からでさえ姿を隠そうとしていた。木拾いの荷車の、積み上げた古材木の陰に隠れた瀬古だった。一刻も早く江戸を出ることを考えるだろう。

「お知らせいただき、ありがとうございました」

三樹之助と志保が立ち上がると、豊太郎が畳に手をついて礼を言った。

「瑞江どのは、お幸せです」

越後屋を出て、通りに出たところで志保が言った。

「えっ」

「豊太郎どのに、慈しまれています」

「そうか」

瑞江と話している間、ずっと傍にいた。この前もそうだった。自分のこととして義兄の身を案じていたのである。志保はそれを言っていた。

三樹之助が越後屋の店にもう一度眼をやっているうちに、志保は歩き出していた。御米蔵のある北の方向である。

「道が違うようだが」

追いついた三樹之助が言うと、志保は立ち止まった。

「長延寺の閻魔堂へお参りをいたします」

言い終わらないうちに、再び歩き始めた。連れて行けと言ったのではなかった。称光山《しょうこうざん》長延寺華徳院《けとくいん》の閻魔堂は、江戸三閻魔の一つに数えられた。浅草茅町からは目と鼻の先だった。

ついてゆくしかなかった。

鳥越橋《とりごえ》の南側にあたる。

長延寺の本堂は六間四方で、本尊が閻魔大王だった。一丈六尺の坐像で、運慶《うんけい》の作と伝えられている。

職人商人武家、親方や大店の主、ご大身から浪人者まで、老若男女がやって来ていた。もちろんその中には、藪入りの奉公人の姿も少なくない。いつまでたっても人の減る気配がなかった。

「あの閻魔のお顔は、源兵衛どのに似ていますな」

拝礼を済ませたところで、志保は言った。長剣を携えた閻魔像の顔は、なるほど源兵衛に似ていた。

志保は笑みを浮かべたのではなかったが、自分に戯言《ざれごと》を言ったのは初めてだった。心をいく分許したかに見える。

そのまま混雑する境内の道を引き返した。

「これは気をつけねばならぬな」

三樹之助は、志保の変化に気持ちを引き締めた。

三

長延寺境内では、ぼやぼやしていると、すれ違う人と肩がぶつかり合うほどの混雑だ。露店などで人がたむろしていたりするので、なおさらである。

物売りの声が、秋の青い空にこだましていた。大道芸人の口上も、どこかから聞こえてきた。

志保はその混雑を、巧みに避けてゆく。三樹之助と共に歩いていることなど、気にしていない気配だ。

蔵前通りに出た。お半は深川海辺大工町へ行っている。用が済んだら夢の湯へ戻るといっていた。

志保と連れ立って、湯島へ戻ることになる。

「喉が渇《かわ》きましたな」

店を開けている団子屋に目を向けて言った。鳥越川に架かる鳥越橋の袂である。食べてゆくつもりらしかった。

三樹之助はどきっとした。

懐にある銭のことが気になったからだ。

昨日は京橋三十間堀の料理屋で、肝煎坊主竜達から話を聞くために昼飯を食べた。かなりの代だったはずだが、志保が払っていた。しかし今日は、そうはいかないと考えた。

だが懐には、数枚の鐚銭があるだけだった。

「案ずることはない。銭はありまする」

志保はそう言って、団子屋へ入っていった。またしても見下された気がして不満だったが、あとに続いた。

餡《あん》のついた草団子と茶を頼んだ。

切りもなく行き過ぎる往来を見ながら、志保はうまそうに団子を食べた。もちろん初めから、三樹之助の分もあった。

「うまいな」

馳走《ちそう》になるのは少々気が引けたが、味はよかった。

団子屋を出て、鳥越川の河岸の道を歩いた。蔵前通りは、相変わらず人で混雑している。こちらの道の方が歩きやすかった。

それでも人通りがないわけではなかったが、武家地に入ると閑散とした。大名屋敷が並んでいる。

三樹之助は、いくぶん緊張しだしていた。つけてくる者の気配を感じている。

団子屋を出て、歩き始めてからその思いは強くなった。

男二人の足音だ。徐々に近づいてきている。落ち着いた隙のない足取りに聞こえた。

とうとう通行人の姿がなくなった。海鼠塀と白壁に挟まれた道だ。背後から迫ってくるのはただならぬ殺気である。

三樹之助は志保の後ろに回って、腰の刀に左手を添えた。

いつでも抜ける。

つけてくる者の足が、速くなった。三樹之助と志保が振り向いたのは、ほとんど同時だった。

二人は深編笠を被っていたが、一人の着物と体つきに見覚えがあった。玉置に違いない。どこかでこちらの動きを見張っていたものと思われた。

もう一人は美作ではない。やつはどこかで瀬古が現れるのを待っているのかもしれなかった。

「きさまらには、おれの命までもが、邪魔かっ」

三樹之助は、叫んだ。だが玉置も、もう一人の侍も返事をしなかった。ただ腰の刀を抜いただけだった。二本の刀身が光った。

問答無用で斬り捨てる。

そういう魂胆《こんたん》だと見て取れた。命を奪おうというのなら、殺生はしたくないが、身を守らなくてはならない。

まして志保には、掠り傷一つ負わせるわけにはいかなかった。

三樹之助も、刀を抜いた。

間合いを取りながら、交互に相手の剣の構えを見た。背後で志保が、懐剣《かいけん》を抜いたのが分かった。

「逃げろ」

背後に声をかけたが、志保が走る気配はなかった。

「やあっ」

玉置の横にいた侍が、上段の構えから斬りかかってきた。勢いのある果敢な動きだったが、やや間合いが遠かった。三樹之助はこれをゆとりでかわしたが、もう一方からの攻撃は鋭かった。

一瞬のうちに一足一刀《いっそくいっとう》の間合いに入られ、剣尖が喉元に迫ってきた。渾身の踏み込みだろう。

引くことも横にかわすこともできない。前に出ながら、刀を弾き上げた。

腕に衝撃があり、火花が散った。

玉置の刀は弾かれた瞬間離れたが、小さく回転して肩先目がけて斬りかかってきた。

体と剣が、一つの生き物のように自在に動いている。

受けた三樹之助の刀と相手の刀が、ぎりりと音を立てて擦《こす》れた。押し合いだ。

膂力《りょりょく》では負けない。腰を入れて、力でつき押した。

玉置の体の均衡が崩れた。

「とうっ」

三樹之助が斬りかかろうとしたとき、横から刃風が迫ってきた。

そのままにはできない。体をずらして飛び出してきた刀身を躱し、さらに目の前に現れた相手の二の腕を目指して突いた。刀の動きは止めなかった。

「うっ」

鮮血が散った。骨をかすする感触があり、深手だと分かった。体が揺れている。

「おのれっ」

玉置は叫んだが、明らかに動揺をしていた。すぐには斬りかかってこられなかった。

腕を斬られた相手の体はふらついている。隙だらけだが、止《とど》めは刺さなかった。

「逃げますぞ」

三樹之助は、志保の手を握った。そして走り出した。

強引な敵だったが、無闇《むやみ》に斬り捨ててしまってていいとは考えていなかった。

「待てっ」

声は聞こえたが、追ってくる気配は感じなかった。振り向くと、斬られた仲間の体を玉置は支えていた。

ともあれ、できるだけ離れてしまおうと考えた。

志保もついてくる。機敏《きびん》な女だった。

武家地の外れまでやって来た。道の先に通行する人の姿が見えた。追ってくる気配はもはやない。

三樹之助と志保は立ち止まった。手を取って逃げていたことに気がついた。かっと心の臓が熱くなった。

慌てて三樹之助は手を離した。

志保は握っていた懐剣を鞘に戻した。落ち着いている。こちらの胸をかすめた動揺など、そ知らぬ様子だ。

懐から懐紙を取り、差し出して寄越した。血刀を拭けということらしかった。

「おお、そうであったな」

懐紙を受け取って、血を拭き取った。刀を鞘に納める。

「あの者を死なせなかったのは、何よりでした」

志保の、ねぎらいの言葉らしかった。

上野広小路に近い町並みだった。二人で湯島に向かって歩いてゆく。

三樹之助の手に志保の手の感触が残っていた。

四

「瀬古殿は、お久米のところへは見えておりませなんだ。もし現れたならば、知らせが参ります」

三樹之助と志保が夢の湯へ着いてから、四半刻ほどしてお半が戻ってきた。

「江戸を出るにしても、ここか瑞江殿、あるいはお久米、このどこかには必ず寄るはずでござろう」

三栗はそう言った。二階座敷の出窓から、目立たぬように通りを見張っている。そろそろ四つ半（昼十一時）を過ぎようかという刻限だった。

瀬古が現れる場所は、夢の湯か越後屋だと三樹之助は考えている。海辺大工町の人足午吉に銭を借りに行ったときも、お久米のところへは寄らなかった。瀬古にとって、もっとも近い存在は瑞江だと思われた。

「せっかくですから、私たちは湯に浸かってまいりましょう」

女湯の方から、声が聞こえてきた。用が済んだら帰るのかと三樹之助は思っていたが、お半は当然のことのように言っていた。

「ええ、桶もできておりますよ」

漆で定紋を描いた真新しい桶を、五平は手渡した。銅で箍《たが》を拵えた極上品だ。

志保とお半は、留湯留桶の客である。夢の湯の常連客というわけだ。

「新しい桶は、気持ちがよろしゅうございますな」

お半はそんなことを言っている。

「今日はね、もんぴだから、おひねりがいるんだよ」

冬太郎が、番台の三方に載せた十二銅のお捻りの話をしている。声が弾んでいた。

「あたし、いっしょに入る」

そう言ったのはおナツだ。はしゃいでいる。源兵衛はそ知らぬ顔で二階へ上がって行き、お久はいかにも不機嫌な顔付きをしていた。

三樹之助は、釜場へ逃げ込んだ。

米吉と替わってもらって、古材木の薪を釜の中へ投げてゆく。投げながら、志保と逃げて走ったときのことを思い浮かべた。

志保の手は冷たくて湿っていた。華奢《きやしや》で長い指だった。握っているうちに、冷たさを感じなくなった。

走っているときは、逃げることに気を使っていた。志保の手を握っている実感はあったが、今の方が感触は鮮やかだ。

こちらが握って、握り返してくる実感があった。

刺客に襲われて逃げただけのことだ、と自らに言い聞かすが、それで納得した気持ちにはならなかった。なぜなら気持ちのどこかに、美乃里に対して済まない思いがあるからだった。

ともに逃げるためには、手を握らざるをえなかった。そういうことではないのか……。

自らに問いかけてみるが、明瞭《めいりよう》な答えは出てこない。苛立って、薪を投げつけた。

　すると釜の中の薪が爆《は》ぜて、思いがけずたくさんの火の粉が上がった。それは顔や体にもかかってきた。

「おおっ」

　初めて釜場に立ったときと同じだった。小さな火傷が、腕にできた。美乃里が怒ったのだと思った。

　四半刻ほどして、女湯に客が来たと米吉が知らせてきた。瑞江である。流し板裏手の板の間に、源兵衛が連れて行ったという。

「ああ、大曽根様」

　三樹之助の顔を見て、瑞江は小さな声を上げた。

　傍には源兵衛のほかに、三栗とその配下、そして湯から上がったばかりらしい志保とお半がいた。

「店の戸を叩く者がいました。出てみると、潜り戸にこれが挟まっていました」

　紙片を差し出した。紙片には、鍵が一つ包まれている。

「瀬古殿からのものですな」

「そうです。兄の書いた文字に違いありません」

　瑞江は言った。手渡された紙片に、三樹之助は目を走らせた。

まず瑞江が健《すこ》やかに暮らしていることを喜ぶ内容が綴《つづ》られ、そのあとで用件となった。

「夢の湯二階の戸棚から風呂敷に包まれた帳面を取り出し、南茅場町の智泉院《ちせんいん》薬師堂へ持って来てくれということだな。刻限は九つ半（午後一時）か」

薬師堂は閻魔を祀《まつ》る。智泉院も今日は人で賑わっているはずだった。

「瀬古殿は、妹であるあなたを頼ったわけですな」

帳面は、他の誰にも渡してはならぬとも記《しる》されてあった。

「はい。帳面をいただいて、これから参りたいと存じます」

気丈そうな目を、三樹之助に向けた。

亭主の豊太郎は出かけていて、帰りを待たずに出てきたのである。刻限まで、もう一刻を切っていた。

「よく来てくだされた」

「兄を、助けてください」

瑞江は頭を下げた。

まずは帳面を持って、瑞江が智泉院へ出かける。これを三樹之助や源兵衛が、つけてゆく。

「郷臣様の一派が、瑞江殿に見張りをつけているとすれば、瀬古殿が現れたところで襲うでしょうな。その場所が智泉院であるかどうかは別として」

三栗も、じっとしているつもりはない。このために詰めていたのである。

「では、参ろう」

三樹之助は立ち上がった。そのとき、お半が声を出した。

「我らは、瑞江どのと同道しましょう。途中で何があるかもわかりませぬ。女子でも役に立ちますぞ」

居合わせた男たちは、顔を見合わせた。

「無用なことだな」

三栗は言い放った。三樹之助は黙っていたが、志保やお半が機転の利く女たちだとは分かっていた。何かの役に立つかもしれない。

「ご一緒いただければ、心強うございます」

瑞江が言った。その一言で、同道が決まった。すでに帳面は、源兵衛が戸棚ではない他の場所に隠していた。

風呂敷包みを解き、四隅のすれた折り跡がいくつもある帳面を目にして、瑞江は息を呑んだ。すぐには手を出せなかった。

「兄のにおいがいたします」

中を検《あらた》めると、胸に抱いた。

五

瑞江、志保、お半の女三人が、初めに夢の湯を出た。

表通りに玉置や美作の姿は見えなかったが、念のために釜場のある裏木戸を使った。路地だけを通って、できるだけ夢の湯から離れるつもりである。

「気をつけてね」

おナツと冬太郎が、緊張した顔で見送った。

見張りがついている可能性は濃厚だった。三樹之助と志保をつけて、襲ってきた相手である。瑞江が夢の湯に寄って、そこからさらにどこかへ出かけるのを目撃すれば、何もしないということはありえなかった。

「瀬古殿に会いに行くと考えるのは、当然ですからな」

三栗が言った。目立たぬようについてゆく。藩内事情を知らない瀬古は、三栗を見たら姿を現さないはずである。念のため、三樹之助も源兵衛も瑞江の傍には寄らない。

「玉置のやつは途中で襲うか、兄妹が会うのを確かめ、その後瀬古様を襲うかってえところでしょうね」

源兵衛は、瀬古と会うまでは瑞江を襲わないのではないかとも考えている。ただ三樹之助にしてみると、人気のない道すがらに何かあることも否定できない気がしていた。

「瑞江殿が帳面を持っていると考えれば、襲うのではないか」

「瀬古様がいなくても、帳面さえ奪えばいいわけですね」

「そうだ。帳面は、瀬古殿がそれを使って詳しく話してこそ、悪事の裏が見えてくるといった代物だ。片方だけでは用をなさぬからな。郷臣派にしてみれば押さえておきたいだろう」

三樹之助と源兵衛は表通りから、歩いてゆく。瑞江らの行く道は、あらかじめ詳しく決めていた。

人通りの多いところは別々に歩いて、武家地に入ったら瑞江の守りに入るという形である。

もしつけられている気配があったならば、瑞江の傍には寄らない。こちらに寄せ付けて、最悪の場合は討ち取るまでだと考えた。

「三樹之助様を襲って逆に傷を負わされて、奴らは新手の追っ手を用意しているかもしれやせんね」

源兵衛は、そういうことも考えたようだ。

日差しは、中天をいく分過ぎている。古びた隠居所の庭にある柿の木に、青い小さな実が生《な》り始めていた。

湯島切通町を出るとき、三樹之助はそれとなく後ろを振り向いた。

玉置や美作の姿を捜したが、それらしい者の気配は感じなかった。顔が分かっているやつらがつけてくるならば、深編笠を被るなり頭巾《ずきん》を被るなりしていそうだが、そういう侍はどこにもいない。

老若の侍の姿はかなりあるが、知らない顔ばかりだった。みな悠然と歩いている。背中に四角い荷を背負った行商人や遊び人ふう、中間、僧侶などといった者もいるが、ちらともこちらには目を向けなかった。

武家地に入って、瑞江らの歩く道へ寄ってゆく。

「あっしらをつけているのでなければ、三栗様の方はでえじょうぶでしょうか」

「うむ。できれば刃傷沙汰《にんじょうざた》は起こしたくないが、気になるな」

夢の湯裏手の路地だって、どこかから見張ることはできる。そう考えて、足早になった。

はるか先に、大名屋敷の海鼠塀が見える。

瑞江や志保らの歩いている姿が見えた。

「無事でしたね」

源兵衛は、一息ついて言った。三栗らも、ここへきては三人の女の背後について、警護に当たっていた。

その間には、人の姿はない。

距離を縮めてゆく。

だがそこで、三樹之助は足を止めた。小さな舌打ちが、口をついて出た。

「おのれっ。我々が、あいつらを案内してしまったようだぜ」

三樹之助が振り返ると、源兵衛もそれに続いた。

ばらばらと駆けてくる侍の姿があった。

五名いた。その中に一人だけ、侍ではない者がいた。四角い荷を背負った行商人ふうである。顔に見覚えがあった。

湯島切通町を出るときに振り返ったが、あのときに背後にいたやつだ。

「そうか。こいつがつけて、後ろにいた玉置らに伝えていたのか」

納得がいって、己の不注意に腹が立った。

「今度こそは、逃がさぬぞ」

前に飛び出してきた侍がいる。

被っていた深編笠を剝ぎ取った。これこそが、先ほど対峙《たいじ》した玉置だった。笠は高く投げ上げられ、地べたに落ちる前に腰の刀を抜いていた。

その横で美作が、やはり刀を抜いていた。他の二人の侍も同様だ。立ち止まって動かないのは、離れたところにいる行商人ふうの男だけだ。

三樹之助も刀を抜き、源兵衛は懐から十手を取り出した。

二人で四人を相手にすることになった。だがその間に、瑞江らがここから離れられるならば、それでいいとも考えた。

源兵衛も十手一本とはいえ、そう簡単に斬られてしまう男ではなかった。

玉置が、三樹之助の前に進み出てきた。目に怒りがあった。腕を斬った侍の姿は、ここにはない。

新顔の二人の侍も前に出て、三樹之助を囲む形で刀を構えた。二十代と四十半ばの侍だ。

美作は、源兵衛と対峙している。

「くたばれっ」

一足一刀の間合いに入ると、玉置が斬りかかってきた。と同時に、左右にいた侍も刀を突き込んできた。三人がいっせいにというのは、思いもしないことだった。

玉置が三樹之助の脳天を狙って飛び込んでくる。

右からは喉を、左からは肩が標的になっているのが分かった。前にも右にも左にも出られない。

引けば三本の刀で串刺《くしざ》しになる。

「くそっ」

むざむざ斬られるつもりはない。三人の内で一番剣尖にぶれのある二十代の侍に斬りかかった。手加減するゆとりはない。

だがそのとき、四十代の侍の動きが止まった。そして攻撃の刃が、いきなり向きを変えたのである。玉置の刀もそうだった。

「ご助勢いたす」

そう叫んだのは、三栗だった。その脇には配下の二名もついている。

玉置らの呼吸が乱れた。剣尖に躊躇《ためら》いが出た。

ぶれに乗じた三樹之助は、二十代の侍の一撃を弾き、刀身を肩めざして振り下ろしながら右横に抜けた。

　手応えがあった。鎖骨《さこつ》を割っていた。

「ううっ」

　ぐらりと体が揺れて倒れた。

「おのれっ、きさまら」

　玉置が現れた三人に目をやりながら叫んだ。一呼吸するほども遅かったならば、逃げ場を断たれた三樹之助は斬られていた。玉置の声には、それができなかった怒りと苛立ちがこもっていた。

「大曽根殿、源兵衛殿。瑞江殿を送られよ。ここは我らで」

　三対三になる。三栗は防げると踏んだようだ。玉置の配下には、仲間が倒された気《き》後《おく》れがある。

「承知」

　叫んだ三樹之助は、握った血刀をそのままに走り出した。源兵衛もついてくる。振り返ると三栗の配下が、美作に斬りかかっていた。

　瑞江と志保、そしてお半は、立ち止まってこちらの動きを見ていた。瑞江とお半の顔が蒼ざめている。

「行くぞ」

三樹之助は三人に声をかけた。

「これを」

志保は頷き、手に持っていた白いものを差し出した。懐紙だった。

三樹之助は刀を拭くと腰に戻した。お半は腰を屈めて袴についた返り血を懐紙で拭いてくれた。

これにはかなり驚いた。気位の高いお半が、こういうことをするとは思わなかった。

「よし」

瑞江を囲んで、走り始めた。背後で刀と刀のぶつかる音が聞こえたが、あとは三栗に任せることにした。

六

日本橋を南に渡った高札場のある広場には、人が溢れている。京橋から芝へと延びる通りの大店老舗《しにせ》も店を閉じていた。この人波は、南茅場町にある智泉院薬師堂への人の流れだった。

浅草寺や長延寺華徳院のある蔵前もそうだが、江戸中の人々が集まってきた観があった。

「こんなに人がいて、兄を捜し出すことができるでしょうか」

瑞江が半べそをかきながら言った。

人の流れに沿って、東に向かってゆく。楓川《もみじがわ》を渡った先に、薬師堂がある。

この智泉院は、江戸城の鎮守《ちんしゅ》である日吉山王大権現《ひよしさんのうだいごんげん》の神輿《みこし》が渡る山王御旅所《おたびしょ》として南茅場町に置かれ、別当寺として薬師堂が作られた。江戸も初めの頃のことである。

閻魔の賽日はもちろんのこと、病を治すお薬師様として信仰を集め賑わっていた。

「なに、捜せるさ。血を分けた、たった一人の兄なのだからな。向こうだって目を皿のようにしているだろう」

三樹之助は慰めではなく、確信していた。

蔵前通りのような広い道ではない。すれ違う人を避けながら歩いてゆく。

瀬古はたぶん、あえて人の多い場所を選んで、瑞江に出て来いと伝えたのだ。その方が、かえって目立たないと判断してのことだろう。

瑞江はもちろんのこと、皆が瀬古の顔を知っている。それぞれの目で捜した。読《ど》経《きょう》の声が聞こえ、線香のにおいも強くなった。

「なんまいだぶ、なんまいだぶ」

腰の曲がった老婆が、両手を合わせている。

「そろそろ九つ半になりまするな」

お半が呟いている。

人に押されて、薬師堂の前まで来てしまった。あたりを見回すが、どこにも瀬古の姿はうかがえない。

いつまでも同じ場に立っていることはできなかった。境内は浅草寺のように広くはなかった。そのまま押されてゆく。

門近くまで戻ってきてしまったとき、瑞江の足が止まった。「あっ」と小さな叫びを上げて振り向いた。すぐ背後、人混みの中に瀬古がいた。

「前に、進んでくれ」

そのまま人の流れに沿って歩いた。寺の門を出て歩き、楓川河岸に出た。

「こちらへ」

瀬古は、日本橋でも江戸橋でもない楓川の河岸道を南に歩いた。

三樹之助も源兵衛も周囲の人の気配に目を凝らしている。玉置がいつ現れるか分からない。

三栗らのことも気になっていたが、ここではどうしようもなかった。何はともあれ、瀬古と瑞江に話をさせなくてはならなかった。

大名屋敷になる手前に、小さな稲荷があった。瀬古はそこに入るように身ぶりで伝えてきた。

一同は境内に入ったが、源兵衛は道に残った。見張りに立ったのである。境内では、何人かの幼い女の子が、縄跳びをして遊んでいた。

三樹之助と志保、お半も兄妹とはやや離れたところに立った。

「兄上さま、よくもご無事で」

瑞江は唇《くちびる》を震わせている。

ためらいがちに手を伸ばして、瀬古の胸に手を触れさせた。目から涙が溢れてこぼれた。

「お前も、達者で何よりだ。与板を出てから、お前のことを思わぬ日はなかったぞ」

「私もでございます」

「うむ。その言葉を聞いて、千人の味方を得た気がする。その手にあるものをもらおうか。おれはこれから、江戸を出なくてはならぬ」

こうして瑞江と対面できたことを、喜んでばかりはいられない。そう己の気持ちを

なくてはなりませぬ」

「兄上は、もうお逃げになることはありません。郷臣さまや組頭の玉置さまと闘わなくてはなりませぬ」

泣き声にならぬようにと、歯を食いしばりながら言った。眼差しに決意がある。

「何を、そのような。おれ一人では、何もできはしないぞ」

寂しげな笑みが口元に浮かんだ。

瀬古はそのために与板を出奔し、三年という間、刺客から逃げ回ってきたのである。

「いえ、兄上は一人ではないのです」

「どういうことだ。おれは海辺大工町の長屋でも湯島の湯屋でも、上意討ちの討っ手に襲われたのだ。与板藩内に、仲間などおらんさ」

「私がここへ参るときに、玉置さまらに襲われかけました。でもそれを防いで、ここへ来られるようにしてくれたのは、三栗さまとそのお仲間です」

「な、なんだと」

藩内すべての者を、敵だと感じていた。

「お殿さまが、重い病に罹《かか》っておいでなのです」

「直郷様がか」

仰天《ぎようてん》の顔になった。郷臣や組頭玉置の言葉を鵜呑みにして、瀬古への上意討ちを命じた殿様である。

「それは、まことか」

念を押した。すぐには信じられないのだろう。

「明らかだ。そのために藩内は二分している」

ここで初めて三樹之助が、口出しをした。瀬古が慎重な眼差しで、こちらを見返している。

「郷臣様と元五郎様を立てようとする、二つの派があるということだ」

三樹之助は、知っている与板藩の事情について、漏らさず話した。

「では、この帳面と拙者の言が、お跡目相続の行方を左右するのですな」

「そうだ。だから三栗殿はご貴殿を捜していた。そして国許から出てきた、鎌田才次郎殿が行方知れずになった。玉置らに斬られたものと思われる」

「鎌田がでござるか」

顔と目に、悲しみと憤怒《ふんぬ》の色が浮かんだ。

「その帳面とご貴殿の言葉で、郷臣殿らの不正を暴くことができるのですかな」

「もちろんでござる。そのために、何があろうと、これだけは手放さなかった。きゃつらが用意した謀《たばか》りに満ちた出納《すいとう》の帳面の、不実を糾弾できまする」

「元五郎様を継嗣とするかどうかはともかくとして、瀬古殿の冤罪は晴らさねばなりますまい」

「もちろんでござる」

　夢の湯で湯汲みをしているときも、釜焚きをしているときも、瀬古は手を抜くということをしなかった。猛火の中から、老婆を背負って出てきたときも、遮二無二《しゃにむに》動いていた。しかし晴れやかな笑みを浮かべたことは一度もなかった。

　今は、歳よりも老いて見えた眼差しに生気が浮かんできている。

「さて、いかがいたしたいか」

「まずは三栗に会いたいな」

　三樹之助の問いに、瀬古が答えた。だが玉置らとの闘いがどうなったかは分からない。

「無事であればよいがな」

　玉置利之助は、手練であると同時に策士でもあった。三人によるいっせいの攻めは、想像だにしなかった。

「では、外神田の上屋敷へ参ろう。御側用人の陸田十左衛門様を訪ねるとしよう」

「うむ。それが順当なところだろう。ただな、上屋敷は江戸家老の丹羽殿が仕切っておいでであろう。迂闊《うかつ》に近寄るのは危ういのではないか」

陸田に会う前に、拉致《らち》され殺害されてしまう恐れも充分にあった。藩邸内に入っていけるのは、瀬古本人だけである。

「瀬古どのにはどこかでお待ちいただき、三樹之助どのが陸田どのをお迎えに上がるのはいかがかと」

それまで口を挟まなかった志保が、声を出した。

「うむ。それより他に、手立てはなさそうだな。だがいきなり陸田殿を呼び出そうとしても、丹羽の配下らは怪しむだろうな」

声をかけた相手によっては、伝えてさえもらえぬ場合もあるだろう。

「ならば、陸田様に近い近藤氏太《こんどううじた》という台所方《だいどころかた》がいます。その者を通して伝えてもらいましょう。近藤は軽輩ですから、呼び出すことは難しくありますまい」

瀬古の言葉を受け入れることにした。

三樹之助が単身与板藩の上屋敷に向かう。他の者は、日本橋川を渡った対岸、小網《こあみ》町《ちょう》の船宿で待つことにした。

瑞江が暮らす浅草茅町の越後屋でもよかったが、玉置の配下が見張っている可能性があった。

「では、そういたそう」

対岸に渡り、瀬古兄妹や志保らが船宿に入ってから、三樹之助は神田川の先にある上屋敷に向かった。

猪牙舟を使って移動したが、最寄りの船着場は利用しなかった。念を入れて、手前の浅草御門下の船着場で降りた。船宿で、笠を借りて被っている。

屋敷の表門の屋根に、昼下がりの日差しが当たって、空では小鳥が囀《さえず》りながら飛んでいた。しんと静まり返っていて、藩内に争いを抱えているとは外から見るだけでは予想もつかないことだった。

裏門へ回ろうとして歩き始めたとき、門内に足音が響いた。三樹之助は太い樹木の陰に身を寄せた。見ていると、閉じていた潜り戸が内側から開かれた。

二人の若い藩士が、外へ出てきた。気色《けしき》ばんだ顔付きで、神田川の方向へ走っていった。

玉置と三栗の闘いに関わるものではないかと気を揉んだが、尋ねることなどできなかった。彼らをつけることも考えたが、今はそれをするためにここにいるのではなかった。

急を要する事態になっているのは確かだ。

誰かに見張られていないか。一瞬気になって長屋門の曰く窓を見回したが、人の気配は感じなかった。

裏門へ行って、三樹之助は潜り戸を叩いた。躊躇《ちゅうちょ》せず、大きな音を立てた。二度目に人の気配があった。

顔を出したのは、四十前後の中間だった。ものも言わずに三樹之助を見上げている。渡りの中間という印象だった。

「台所方の近藤殿にお目にかかりたい。彦根井伊家の米田《よねだ》という者だと伝えてほしい」

たまたま思いついた名である。しかし本家の名を出せば、知らぬ名でも近藤は出てくるだろうと考えた。

しばらく待たされた。

「それがしが、近藤でござる」
三十二、三の小柄な男だった。三樹之助は耳に口を近づけた。
「陸田殿にお目にかかりたい。瀬古殿の使いで参った、大曽根という者だ」

そう言うと、近藤の顔付きが変わった。

「しばし待たれよ」

建物の中へ走っていった。待つほどもなく再び現れて、中へ招かれた。ついて行くと、家臣が住まうお長屋の一室に通された。細長いがらんとした部屋だった。

「ようこそ、おこし下された」

陸田とは、すでに顔見知りである。

三樹之助は、今日の出来事をすべて詳しく伝えた。

「まだ三栗からは、何も言ってきませぬな。どうしたことであろうか」

屋敷内では、丹羽とその配下に動きがあるというが、それは陸田までは伝わらない。同じ屋敷内にいても、相手は敵だ。

ここでの会話も、声を落としている。近藤が戸口にいて外の気配をうかがっていた。

「瀬古は、あの帳面があれば、郷臣様らの不正を糺《ただ》せると申したのですな」

「さよう」

「ならば……」

陸田は、自分自身にも言い聞かせるように、言葉を続けた。

「当屋敷に来るのは、適当ではないな。丹羽らが何を謀るか知れたものではない。中屋敷や下屋敷にも、丹羽の手の者がいる。そこでだ。彦根井伊家の御側用人潮田藤兵衛様に預かっていただくのが、無難だと考え申した。かの御仁ならば、丹羽の言葉に左右されることはない。瀬古の話を聞いて、ご判断をなさるだろう」

潮田とも三樹之助は一度会っていた。郷臣の行動に不審を持ってはいたが、明らかに元五郎の肩を持つのでもなかった。

「彦根のご宗家が動けば、丹羽は手も足も出ない。糾明《きゆうめい》がなされれば、瀬古の冤罪も晴れ、お世継ぎの届出も速やかにできる。一刻の猶予《ゆうよ》もござらぬな」

「では瀬古殿を、桜田門外の彦根屋敷へ連れてまいりましょう」

「お願いいたす。藩邸で拙者の名を出していただければ、お目にかかることができるはずでござる。またそこにいる近藤をお付けいたそう。この者も、それなりに剣は使えますでな。拙者も参りたいところだが、それをすれば目立つ。こちらの動静を見張っている者がいるのでな」

ここで話しているだけでも、丹羽配下の目が気になるのだと言った。上屋敷での江戸家老の力は絶大だ。

「承知いたした」

三樹之助と近藤は、別々に屋敷を出た。向かう先は日本橋小網町の船宿である。

七

「なるほど、彦根藩の潮田さまならば確かでしょう。藩邸に入ってしまえば、こちらのものです」

三樹之助の話を聞いて、志保がすぐに反応した。

「ここまで事態が逼迫《ひっぱく》していようとは、思いもしなかった」

瀬古は思いがけない展開に、当惑している気配もあった。つい半刻前までは、逃げ出すことしか考えていなかったのである。

「いま少しの辛抱でござるぞ」

同道してきた近藤は、瀬古の姿を見てほっとした様子だった。

「では、参りましょう」

桜田門外の彦根藩邸まで、何があるか分からない。こちらの動きは気づかれていないはずだが、三樹之助にしてみれば気を許すわけにはいかなかった。

警護は近藤だけでなく、三樹之助、源兵衛がつく。藩邸門前までのことだ。

「私も参りましょう。潮田さまならば、私も存じています」

志保が言った。瀬古や近藤は怪訝《けげん》な顔をしたが、三樹之助は承知した。潮田は、志保の叔父をよく知っている。口添えがあれば、話が早いと思われた。

瑞江は蔵前の越後屋へ帰らせることにした。

「お役目が、無事に果たせますように」

「なあに事がすめば、堂々と越後屋を訪ねることができるようになる」

兄妹は、目と目を見合わせた。

瀬古は決意を持っている。

お半も麴町の酒井屋敷へ帰らせるつもりでいたが、当然の顔で志保についてきた。何を言っても無駄だと分かっている三樹之助は、知らんぷりをした。

船宿の舟に乗り込んだ。京橋川をへて、数寄屋河岸《すきやがし》まで行った。対岸の石垣の向こうは大名屋敷で、その向こうには千代田《ちよだ》の城が聳《そび》えている。

ここから一行六名は歩いてゆく。

堀の向こうに数寄屋橋御門を見ながら、堀際の道を進んだ。

「つけてくる者の気配は、ありやせんね」

源兵衛はさりげなく、後ろを振り返っている。

陸田と話を済ませ、与板藩上屋敷を出たときから、つけられることには念入りな注意を払ってきた。しかし玉置や美作は、こちらに顔を知られていない配下につけさせている可能性もないとは言えなかった。

「いや、大丈夫だ」

近藤にもそれとなく後ろを見てもらった。

山下《やました》御門を潜ると、ここからは大名屋敷だけが並ぶ。大大名の広大な屋敷だ。賑やかな京橋の町から堀を一つ越えただけなのに、しんと静まり返って人の往来は極めて少なくなった。

町の喧騒《けんそう》が、遠くから小鳥の囀りのように聞こえるばかり。しばらく歩くと、その喧騒さえ聞こえなくなった。差してくる西日が傾き始めて、長く続く白壁を照らしている。

「はて、あれは」

瀬古が立ち止まった。向かう先、彦根藩邸の方から、数名の侍が走ってくる姿を目に留めた。

「三栗殿ではないか」

近藤が声に出した。目を凝らすと確かに三栗と二名の配下たちだった。こちらを逃がすために玉置らと斬り合いになり、その後どうなったか案じていた。

連れている二名の顔が違っていた。

「いかがなされたか」

「斬られました。一人は少々重うござる」

命に別状はなかったらしいが、捨て置くことはできない。それで閻魔堂に来ることができなかったという。

「では玉置らは」

「こちらも一人斬った。そこで人が入り、それぞれに引いた形になりました」

命は奪っていないが、向こうも怪我人を出したのであった。

「してどうしてここへ」

三樹之助は気になったことを尋ねた。

「怪我人を存じよりの医者に預け、屋敷に戻り申した。そこで陸田様より話を聞いて、何かあったらと案じてやって来ました。ここまでくれば、大事はござるまい」

彦根藩上屋敷は、目と鼻の先だと言いたいらしい。

「そうだといいがな」

人気のない広い道を見回した。

するとと危惧したとおり、こちらへ駆けてくる侍の集団があった。数えると七人いる。

その中に玉置と美作の顔が見えた。

「おのれっ、我らのあとをつけてきたのか」

三栗は、吐き捨てるように言った。だが悔しがったところで始まらない。切り抜けて、瀬古を彦根屋敷へ入れなくてはならなかった。

真っ先に玉置が刀を抜いた。

刀身が、折からの西日を受けて輝く。これに続いて、他の者も走りながら刀を抜き払った。

「よいか。何が何でも、瀬古殿を斬らせてはならぬ」

三栗も刀を抜いた。他の者も、同時に抜いている。源兵衛は十手だ。

「離れていなされ」

三樹之助は志保に声をかけてから、刀を抜いた。いよいよ最後だ。

「けりをつけるときがきたな」

目の前に現れたのは、玉置だった。今日は三度目の対峙《たいじ》である。だが目の色が、闇魔堂へ向かっていたときとは違った。

三年の間、瀬古を追ってきた男である。

大名屋敷に挟まれた幅広の道。奇《く》しくも七人と七人の男が入り乱れてぶつかった。

もちろん瀬古も刀を抜いている。

刀と刀が弾きあう金属音、怒声《どせい》が、あたりにこだまする。源兵衛も、十手をかまえて若い侍と向かい合っていた。

玉置と三樹之助は、相正眼《あいせいがん》にかまえている。苛立ちと焦りが玉置の心の中にきざしているはずだが、気持ちを抑えていた。身ごなしに一分の隙もない。じりじりと、爪先が前に出てきているのが見えた。

こちらの攻撃を待つ気はないらしい。いつ攻めに出てくるか。

「とうっ」

三樹之助にしても、待つ気はなかった。そのまま剣尖を前に突き出した。喉元を狙っている。踏み込んだ足に、力が入った。かりにこれを弾かれても、次に転じる余力を残していた。

「何のっ」

玉置も引かない。前に出ながら、こちらの剣に刀身を絡めてきた。

攻めるというよりも、こちらの勢いを削ぐ狙いだ。向こうにも出し切れない力が溜まっている。

ぎりぎりという刃先の擦れ合う音。力攻めになった。

膂力では負けないつもりの三樹之助だったが、相手も腰に力が入っていた。根競べになったとき、玉置が足払いをかけてきた。こちらの体の均衡《きんこう》を崩そうとしたのだろうが、重心を低く取っていた。

むしろ相手の体が、それで小さく傾いた。

三樹之助は剣と体を斜めにして力をかわし、横に回りこんで突き押した。

剣が離れたところで、目の前にあった小手を小さい動きで狙った。けれどもこれは躱された。すっと目の前から、玉置の腕が消えた。

しかし体の気配だけはあった。三樹之助はそれに向かって、剣尖を突き出した。

手に、確かな手応えがあった。

「ううっ」

呻き声が、顔の間近から聞こえた。

熱い息が、顔にかかっている。

三樹之助の剣尖は、玉置の脇腹に突き刺さっていた。全身の体重が、こちらの腕に被さってきた。

体を捻ると、玉置の体はどさりと地べたに落ちた。三樹之助は倒れた体に足をかけて刀を抜いた。

周囲では、まだ斬り合いが終わっていない。

瀬古はと見ると、美作と鍔迫《つばぜ》り合いの最中だった。どちらも力が拮抗している様子である。

走り寄った三樹之助は、横から美作の肘《ひじ》に一撃を加えた。浅手の傷を負わせたのである。

「おのれっ」

相手が怯んだ隙に、瀬古の腕を摑んだ。

「行くぞ」

この闘いは、相手を殺すことが目的ではない。かわして彦根藩邸に瀬古を送り込むことである。

争いの脇を、二人で抜けた。

「さあ、急いで」

そのとき、女の声がかかった。見るとお半が、蒼ざめた顔で駆け寄ってきている。

「志保さまが、先に行って彦根藩邸に話をつけています。潮田さまを呼んでいただいているのです」

「よし。走るぞ」

三樹之助と瀬古が、藩邸に疾走《しっそう》する。

「追えっ、行かせるな」

美作が叫んだが、間に三栗が入り込んだ。源兵衛もその脇で、十手を構えている。

志保がいるのは、裏門だった。はるか向こうに姿が見えた。先に行って、門番を呼んでいた。

「刀を鞘に納めろ」

抜き身の刀を持っていては、藩邸に入れない。三樹之助も瀬古も、走りながら刀を納めた。

三栗や源兵衛が立ち塞がったが、それを払って駆けて来る者もいた。屋敷には入れないという意気込みだ。

三樹之助と瀬古が、どうにか門前に辿り着いた。ちょうど屋敷の中から、中間が顔を出したところだった。

「入られよ」

瀬古と志保、お半が中に入った。するとすぐに門扉が、軋《きし》み音をたてて閉じられた。

走ってきた美作が、閉じられた門前で、呆然と立ちすくんだ。

「怪我人を運べ」

彦根藩邸裏門前で、無念の唇を噛んでいる美作に三樹之助は声をかけた。

玉置だけが地に伏したわけではなかった。他にも早い手当てが必要な者がいた。

「急げっ」

彦根藩邸に瀬古が入ってしまった以上、門前に残った者が争うのは意味がない。へたをすれば、与板藩を潰してしまう。

美作も居合わせた他の者も、それは誰も望まない。怪我を負った者で一番重いのが玉置だったが、死んではいなかった。

美作が玉置を背負った。配下の者と走り去って行く。

三栗の方は、太腿《ふともも》を斬られて立ち上がれない者がいた。腕に傷を受けた者もいる。

山下御門に近い山城河岸《やましろがし》で三栗は舟を雇うと、怪我人を乗せ、自らも乗り込んだ。

「かたじけのうござった。これで瀬古の冤罪も、晴れることだろう」

三栗は丁寧に頭を下げた。

「もう、これで終わりにしたいな」

三樹之助は呟いた。

八

舟を見送った三樹之助と源兵衛も、湯島に帰ることにした。表通りの商家は、あらかた店を閉じているが、湯屋は商いをしていた。

湯上がりの縁台で、将棋を指している者がいる。まだ明るいのに、屋台店で酒を飲んでいる姿もあった。

「閻魔の休日ですからね」

一日は瞬く間に過ぎてゆくが、終わってしまうまでには、もう少し間がある。西に傾き始めた日は、藪入りの一日を過ごす人々を照らしていた。

夢の湯へ戻ると、そろそろ夕刻。貰い湯の客が、混み始める頃だった。五平が座っている番台には、三方に載せられたお捻りが小山をなして集まっている。

「瀬古さまは、無事だったんだね」

三樹之助の姿を見て、おナツと冬太郎が寄ってきた。こちらの顔付きを見て、そう判断したようだ。

「ああ、大丈夫だ」

「やったあ」

冬太郎が板の間で、両手を振って踊り始める。嬉しかったり機嫌がよかったりするとすぐに始まる。お久も米吉も為造もほっとした顔をした。

「さあ。湯に入ったら、親方のところへ帰るんだぞ。しっかりと挨拶をしてな」

「うん。でも戻りたくねえなあ」

十二、三の子どもの背中を、父親が丁寧に糠袋で擦ってやっている。子どもは俯いて元気がない。職人の家に奉公をしているのだろう。朝は颯爽《さつそう》と親のもとへやって来たが、そろそろ親方の家へ戻らなくてはならない。

父親も伜の気持ちがよく分かるから、念入りに背中を擦ってやっているのだ。

「痛てえよ、そんなに強くやったら」

「そうか、そうか。そりゃあすまねえな」

親子連れ、久々に顔を合わせた小僧たち、子守や女中奉公の娘たち。別れを惜しんで湯に浸かり、晩飯をすませたならば主人のもとへ帰ってゆく。そういう客も、日が落ちるとばったり少なくなった。

釜の火を落とす。湯が温かいうちは店を開けておくが、紋日貰い湯の一日が、終わろうとしていた。

「おナツちゃん、こんばんは」

晩飯をすませた頃、近所の女の子たちが集まってきた。みな余所《よそ》行きを着て、唇に紅をつけている子もいた。六、七歳の子から十四、五くらいの娘もいた。

一同集まって、これから近くの閻魔堂まで参拝に行くのである。手に花柄の提灯を持っている者も少なくない。

夢の湯の女湯には、そういう子どもが賑やかに集まっている。

「おお、おナツも器量よしになったな」

仕立て下ろしの菊柄の着物に、びらびらの簪と、朱色の櫛。ちょっと澄まして現れたが、三樹之助に褒められると相好《そうごう》を崩した。

「もうさ、朝からそわそわしていたんだよ」

冬太郎が、三樹之助の耳元で囁いた。大振りな提灯を持たされている。

「閻魔堂へはさ、ただ行くんじゃないんだ。みんなで踊りながら行くんだよ」

女の子が中心の参拝だが、冬太郎も行くらしい。

「三樹之助さまも、いっしょにね」

おナツに誘われた。

「よし。そうしよう」

話をしているところへ、女湯の戸が開いた。入ってきたのは、志保とお半だった。

「今日も、手数をかけました」

三樹之助は近寄って、声をかけた。彦根藩邸に入ってからの顚末を知らせに来てくれたと分かったからである。

子どもたちの邪魔にならぬよう、板の間の隅に寄った。

「潮田どのは、瀬古どのの話を、帳面を見ながら聞きました。その中身には納得がいった模様でした」

「そうか。それはよかった」

「今頃は、瀬古どのを伴って与板藩上屋敷に出向かれているはずです。ご本家の御側用人がいっしょでは、江戸家老の丹羽どのも無法なことはできませぬ。また彦根藩では、与板藩の跡取りとして、元五郎さまをご推挙することになりました」

「郷臣殿や組頭玉置殿は、失脚ですな」

「はい。そうなります」

「重畳《ちょうじょう》にござる」

三樹之助はほっとした気持ちになっている。だがそれは、元五郎が継嗣として決まるからではなかった。瀬古の冤罪が晴れたことを、喜んでいるのだった。

「瑞江殿も、さぞかしほっとするであろうな」

もう逃亡の旅をしなくて済む。お久米とどうなるかは、瀬古自身が決めることだろう。

「さあ、出かけますよ」

着飾った娘たちは、十四、五名になっていた。斜め向かいの質屋の女房が、皆に声をかけている。「わあっ」と歓声が上がった。

閻魔堂の参拝から戻ってくれば、おはぎや饅頭などの菓子が待っている。

娘たちは切通町の表通りに勢ぞろいした。

小さい子どもを先頭にして、二列になって並んで行く。最後尾は十五歳の娘だが、商家の子守や女中で藪入りから戻ってきた者、若女房などもその列に加わった。

若い衆が、これを提灯で照らす。

「ねえ、志保さまもいっしょに踊ろうよ」

おナツがやって来て、手を引いた。

「えっ」

志保は驚きの表情を浮かべた。怒り出すのではないかと、三樹之助ははらはらした。志保がこのような列に、加わるとは考えられなかったからである。

「踊り方がわからなくても、大丈夫。まねをしていればすぐにできるようになるよ」

冬太郎もやって来て誘っている。

「それじゃあ、やってみましょうか」

三樹之助は仰天した。

けれども三樹之助など気にするふうもなく、志保は列の中に加わった。誘われもしなかったお半までが並んでいるのである。

「ぼんぼんぼんの十ゥ六日に、おーえんまァさまへまいろとしたら、数珠の緒が切れて、はァなおが切れて、なむしゃか如来手でおがむ」

女の子たちが、いっせいに歌いだす。手拍子を打つ者もいた。そして両手を交互に上げて踊りが始まった。簡単な踊りなので、いっしょにやっていれば、誰にでもできるものだった。

いつもは子どもだけで遊んでいるが、今日ばかりは大人も踊り、歌っている。それが嬉しいのか、子どもたちはますます声を張り上げた。

志保もお半も楽しそうに踊っていた。

おナツや冬太郎と目を合わせると、笑みを浮かべる。その姿を見ていると、三樹之助は志保も捨てた女じゃないと思い始めていることに気がついた。

「今日は閻魔様が地獄の釜を開いてお休みをする、お目こぼしの日です。私らのところでは、この踊りを閻魔の盆踊りと言っています」

五平が提灯を持っている三樹之助に話してくれた。

普段は歯牙《しが》にもかけないふうで、ろくすっぽ口を利かない志保だが、昨日今日は、よく動いてくれた。しかしそれは、おめこぼしの日だからだろうか。

だとすれば、明日以降は高慢な女に逆戻りをすることになる。

「それは怖ろしいことだな」

疑心暗鬼《ぎしんあんき》になっている三樹之助だった。女というものは分からない。

※本書は２０１１年７月に小社より刊行された作品に
加筆修正を加えた「新装版」です。

双葉文庫

ち-01-50

湯屋《ゆや》のお助《たす》け人《にん》【三】

覚悟《かくご》の算盤《そろばん》〈新装版〉

2022年1月16日　第1刷発行

【著者】
千野隆司《ちのたかし》

【発行者】
箕浦克史
【発行所】
株式会社双葉社
〒162-8540 東京都新宿区東五軒町3番28号
［電話］03-5261-4818(営業部)　03-5261-4833(編集部)
www.futabasha.co.jp（双葉社の書籍・コミックが買えます）
【印刷所】
大日本印刷株式会社
【製本所】
大日本印刷株式会社
【カバー印刷】
株式会社久栄社
【DTP】
株式会社ビーワークス

【フォーマット・デザイン】
日下潤一

ISBN978-4-575-67093-6 C0193
Printed in Japan

千野隆司　おれは一万石　長編時代小説〈書き下ろし〉

一俵でも石高が減れば旗本に格下げになる、ぎりぎり一万石の大名、下総高岡藩井上家に婿入りした十七歳の若者、竹腰正紀の奮闘記！

千野隆司　おれは一万石　塩の道　長編時代小説〈書き下ろし〉

米の不作で高岡藩の財政は困窮していた。年貢を上げようとする国家老に正紀は反対するものの、新たな財源は見つからない……。

千野隆司　おれは一万石　紫の夢　長編時代小説〈書き下ろし〉

井上正紀は突然の借金取り立てに困惑する。藩の財政をいかに切りつめてもこの危機は乗り越えられそうもなかった……。シリーズ第三弾！

千野隆司　おれは一万石　麦の滴《しずく》　長編時代小説〈書き下ろし〉

菩提寺改築のため、浜松藩井上家本家から、高岡、下妻両藩の井上家分家にそれぞれ二百両の分担金が課せられた。こりゃあ困った！

千野隆司　おれは一万石　無節《むせつ》の欅《けやき》　長編時代小説〈書き下ろし〉

理不尽な要求を斥けられた正棠側は、材木の運搬を邪魔立てするため、正紀たちに刺客を送り込んだ。筏の上で、刃と刃が火花を散らす！

千野隆司　おれは一万石　一揆の声　長編時代小説〈書き下ろし〉

年貢の重さにたえかね、百姓一揆が相次いだ。高岡藩でも、日々の暮らしに苦しむ百姓たちがついに立ち上がった。苦慮する正紀は……。

千野隆司　おれは一万石　定信《さだのぶ》の触《ふれ》　長編時代小説〈書き下ろし〉

老中・松平定信が江戸の米価引き下げのため米問屋へ廻米の触を出し、各藩に達成義務を課した。正紀は米を求めて江戸の町を奔走する。

千野隆司
おれは一万石
囲米《かこいまい》の罠《わな》
長編時代小説〈書き下ろし〉
米価は高値をつけたまま動かない。苦労して運ばれた廻米が江戸市中に出回らないからだ。廻米はさらなる値上げを狙って隠匿されていた。

千野隆司
おれは一万石
贋作《がんさく》の謀《はかりごと》
長編時代小説〈書き下ろし〉
藩主正国の奏者番就任祝いの掛軸は贋作。絵師を辿ると、高岡藩をも危うくする悪巧みが進んでいた。一万石を守るため、正紀は奮闘する！

千野隆司
おれは一万石
無人の稲田
長編時代小説〈書き下ろし〉
世子問題で大藩の思惑に揺さぶられる府中藩。領内の行方郡三村では、再び一揆が起きようとしていた……。待望のシリーズ第十弾！

千野隆司
おれは一万石
繰綿《くりわた》の幻《まぼろし》
長編時代小説〈書き下ろし〉
高岡河岸に納屋を建てようと、勘定頭の井尻が無断で藩の公金を繰綿相場につぎ込み、賭けは裏目に出た！　そのとき世子の正紀は!?

千野隆司
おれは一万石
慶事の魔
長編時代小説〈書き下ろし〉
正紀と京は子を授かり、山野辺には許嫁が決まった。おめでた続きの高岡藩だったが、続々と届く祝いの品のなかに「罠」が隠されていた。

千野隆司
おれは一万石
訣別の旗幟《はた》
長編時代小説〈書き下ろし〉
定信政権との訣別を決めた尾張徳川家一門は正国の奏者番辞任で意を示そうとしたが、そうはさせじと定信に近い一派が悪巧みを巡らす。

千野隆司
おれは一万石
商武《しょうぶ》の絆
長編時代小説〈書き下ろし〉
棄捐の令で大損害を被った札差をはじめ、商人が武士に対する貸し渋りをはじめた！　納屋普請で物入りの高岡藩は困窮する！

芝村凉也
北の御番所 反骨日録【一】
春の雪
長編時代小説〈書き下ろし〉
男やもめの屁理屈屋、道理に合わなければ上役にも臆せず物申す用部屋手附同心・裄沢広二郎の奮闘を描く、期待の新シリーズ第一弾。

芝村凉也
北の御番所 反骨日録【二】
雷鳴
長編時代小説〈書き下ろし〉
深川で菓子屋の主が旗本家の用人に無礼討ちにされた。この一件の始末に納得のいかない同心の裄沢は独自に探索を開始する。

芝村凉也
北の御番所 反骨日録【三】
蝉時雨
長編時代小説〈書き下ろし〉
療養を余儀なくされた来合に代わって定町廻りのお役に就いた裄沢広二郎の前に現れた人足姿の男。人目を忍ぶその男は、敵か、味方か⁉

築山桂
家請人克次事件帖〈新装版〉
夏しぐれ
長編時代小説
江戸の困窮者を助ける庶民のヒーロー、それが家請人。住み処を確保できない訳ありの者たちを信じて保証する。傑作が新装版で登場！

築山桂
家請人克次事件帖〈新装版〉
冬の舟影
長編時代小説
江戸の町で続けざまに幼い娘のかどわかしが起きていた。心根やさしき元十手持ちの克次は、兄妹の絆に胸を打たれ、探索に乗り出す。

築山桂
家請人克次事件帖〈新装版〉
春告げ鳥
長編時代小説
在方から江戸に出て懸命に働き、船宿の主となった男が妻子を残して首をくくった。その死を怪しみ、克次が追ったその先には。

築山桂
家請人克次事件帖〈新装版〉
秋草の花
長編時代小説
克次の手下だった安五郎らが襲われ、かつての捕り物に恨みを持つ者の仕業と思われた。克次は同心に願い出て、捕物に加わる。